NATALIE ANDERSON

Conquise par Ashton Castle

Traduction fran
ÉLISABETH MAR

AZUR

HARLEQUIN

Collection : Azur

Titre original :
STRANDED FOR ONE SCANDALOUS WEEK

HARPERCOLLINS FRANCE
83-85, boulevard Vincent-Auriol, 75646 PARIS CEDEX 13
Service Lectrices — Tél. : 01 45 82 47 47 - www.harlequin.fr
ISBN 978-2-2804-6764-3 — ISSN 0993-4448

Composé et édité par HarperCollins France.
Imprimé en décembre 2021 par CPI Black Print (Barcelone)
en utilisant 100% d'électricité renouvelable.
Dépôt légal : janvier 2022.

FSC www.fsc.org MIXTE Papier issu de sources responsables FSC® C159065

Pour limiter l'empreinte environnementale de ses livres, HarperCollins France s'engage à n'utiliser que du papier fabriqué à partir de bois provenant de forêts gérées durablement et de manière responsable.

1.

Merle Jordan était entourée de bulles. Celles du bain moussant, celles du champagne, et celles emprisonnées dans le verre de la petite suspension design allumée au-dessus de sa tête. Elle ouvrit la baie vitrée et sortit sur la terrasse. La pleine lune semblait flotter dans le ciel comme une énorme bulle et faisait danser des reflets d'argent sur la mer.

Merle rentra dans la salle de bains et alluma la bougie posée sur le bord de la baignoire. Puis elle éteignit la suspension pour mieux apprécier la lumière douce du clair de lune et de la flamme vacillante. Avec un petit gloussement ravi, elle enleva ses dessous. Elle avait à peine goûté le champagne, mais tout ce luxe extravagant était si inhabituel qu'il suffisait à la griser. Cette expérience avait quelque chose de surnaturel… L'air estival était encore chaud, mais le bain moussant était trop tentant. Impossible de résister plus longtemps. La mousse glissa sur sa peau comme une caresse. Elle s'allongea dans l'eau et but une nouvelle gorgée de champagne en admirant le décor. Dire qu'elle allait habiter ici pendant six semaines… Si elle en avait envie, elle pourrait prendre un bain comme celui-ci tous les soirs.

Cette villa somptueuse était une maison de vacances bénéficiant d'une plage privée sur l'île de Waiheke – située à moins d'une heure de bateau d'Auckland, la plus grande ville de Nouvelle-Zélande. Waiheke avait la réputation d'être un terrain de jeu pour milliardaires, et cette propriété était un exemple parfait des résidences de luxe qui la parsemaient. Cachée dans un endroit isolé, elle dominait une baie accessible uniquement en bateau. Elle disposait d'une cave regorgeant de grands crus, d'une piscine somptueuse, d'un spa, d'une salle de sport, d'une salle de cinéma et même d'une piste de bowling. La décoration était sobre mais raffinée. Les parquets aux teintes chaudes, les murs blancs et les canapés ou fauteuils moelleux ingénieusement répartis çà et là créaient une atmosphère chaleureuse invitant à la détente. Dans toutes les pièces, d'immenses baies vitrées abolissaient la frontière avec l'extérieur et de grandes corbeilles de plantes verdoyantes rendaient la nature encore plus présente.

Une séance photo destinée à un magazine de décoration pourrait avoir lieu dans l'instant sans qu'il soit nécessaire de rien préparer, songea Merle. Contre toute attente, elle appréciait le côté impersonnel du décor. Il lui évitait d'avoir l'impression d'empiéter sur l'intimité de quelqu'un. En fait, tous les souvenirs personnels liés à cette maison étaient rangés dans des cartons empilés dans le garage prévu pour trois voitures. Elle avait été engagée pour les répertorier puis les trier en vue d'être stockés ou détruits.

Dire que la propriété était inoccupée depuis plus d'un an… C'était difficile à croire. Et surtout, ça paraissait indécent vu le nombre de gens sans logement – elle y comprise… Mais il était difficile de reprocher cette négligence au propriétaire scandaleusement riche, puisque cet emploi lui garantissait un toit au-dessus de la tête pendant plusieurs semaines. Et puisqu'on était vendredi soir, elle avait décidé qu'elle pouvait se permettre de se détendre un peu. Tout le monde méritait de se faire plaisir après une semaine de travail intensif, non ? Avec un petit soupir de pure béatitude, elle se redressa dans l'eau pour remplir sa flûte.

— Hé, ma jolie, que faites-vous dans ma baignoire ?

Son cœur fit un bond dans sa poitrine et elle se figea, à genoux dans les bulles, la main tendue vers la bouteille de champagne. Un homme était appuyé contre l'encadrement de la porte, qu'elle avait laissée ouverte sur la chambre. Pendant une seconde elle ne vit que ses yeux. À la lueur de la bougie ils avaient des reflets d'or et brillaient d'un éclat presque animal.

Ashton Castle.

Impossible de ne pas le reconnaître, il figurait sur une photo qui se trouvait au rez-de-chaussée, seul objet personnel visible dans toute la maison. Il avait hérité de la propriété à la mort de son père, Hugh, un peu plus d'un an plus tôt, mais il n'y avait encore jamais mis les pieds. Il n'avait pas eu le temps, bien sûr… Trop occupé avec chaque jet-setteuse, top model ou influenceuse qui croisait son chemin. Toutes les femmes tombaient dans les bras d'Ash Castle, play-boy notoire, parce qu'il était non seulement très riche mais aussi incroyablement séduisant. Sur la photo vieille d'au moins dix ans, il l'avait déjà impressionnée. Mais là… En chair et en os il était tout simplement sublime. *Sublime.* Silhouette à la fois fine et musclée, traits ciselés d'une beauté stupéfiante. Comment ne pas être éblouie ? Il était par ailleurs réputé pour son intrépidité, un trait de caractère que beaucoup de femmes trouvaient irrésistible. Des tas de femmes mouraient d'envie de danser avec le danger, de dompter l'indomptable, d'apprivoiser le séducteur invétéré… Pas elle.

La fortune, les privilèges et la beauté permettaient d'obtenir tout ce qu'on voulait sans le moindre effort. Ce qui conduisait inévitablement à l'arrogance. Elle connaissait bien ce genre d'hommes. Elle avait été échaudée par l'un d'eux quand elle était jeune et elle les avait tous évités avec succès depuis. Jusqu'à aujourd'hui, où elle se retrouvait devant le pire de tous…

Les yeux aux reflets d'or se plissèrent légèrement. Allons

bon ! Elle prit conscience un peu tard qu'elle était à moitié hors de l'eau. La mousse avait beau être abondante, elle ne la couvrait pas tout entière. Ses seins étaient exposés. Et peut-être pas seulement ses seins… Elle se rallongea d'un mouvement si vif qu'elle faillit glisser la tête sous l'eau. Tendant les bras en avant, elle se raccrocha de justesse aux rebords de la baignoire et plia les genoux devant sa poitrine. Après avoir pris une profonde inspiration, elle essuya les bulles qui glissaient sur ses joues. Si Ashton Castle n'avait pas mis les pieds ici pendant plus d'un an, pourquoi fallait-il qu'il arrive à l'improviste ce soir, juste au moment où elle prenait un bain ? Quel choc !

Le pire c'était qu'elle ne parvenait pas à détacher ses yeux de lui. Son T-shirt anthracite moulait les muscles de son torse et de ses épaules, tandis que son jean noir soulignait la longueur de ses jambes. Et comme si ça ne suffisait pas, le tissu était délavé en haut des cuisses, si bien que son regard était attiré par son entrejambe… Merle reporta vivement son attention sur le visage d'Ashton Castle, mais ce dernier ne faisait qu'ajouter à la virilité saisissante qui émanait de tout son être. Une barbe naissante soulignait la ligne anguleuse de sa mâchoire carrée. Sous son nez droit, un sourire las mais appréciateur étirait ses lèvres sensuelles. Et puis il y avait ces yeux fascinants d'un brun chaud aux reflets d'or… Merle était tétanisée. Dès le premier instant, la vue de cet homme avait déclenché en elle un trouble insensé. Une réaction purement sexuelle, primitive, stupéfiante… Si stupéfiante qu'elle n'avait même pas la présence d'esprit de lui crier de sortir.

— Que faites-vous ici ? demanda-t-il d'un ton désinvolte.

Toujours appuyé contre le chambranle, il ne semblait pas gêné par sa nudité ni par son mouvement de panique. Mais comment pourrait-il être gêné ? Il avait l'habitude que les femmes se déshabillent autour de lui… Mortifiée,

Merle sentit ses joues s'enflammer. Cette question, c'était elle qui devrait la poser. Malheureusement, elle n'était pas douée pour dire ce qu'elle pensait, même quand ça s'imposait. Leo Castle – le demi-frère d'Ashton – lui avait dit en l'engageant qu'elle serait seule dans la maison et qu'elle pouvait prendre six semaines ou plus pour mener à bien sa mission. La perspective de disposer d'un logement pendant une période aussi longue l'avait transportée. Elle avait désespérément besoin de se remettre à flot. Elle ne regrettait pas de s'être endettée en raison des problèmes de santé de son grand-père, mais à présent qu'il n'était plus là il fallait qu'elle sorte au plus vite de la situation désastreuse dans laquelle elle se trouvait.

— Avez-vous été envoyée par quelqu'un, mademoiselle… ?

Piquée au vif par la pointe d'insolence avec laquelle cette question avait été posée, elle retrouva enfin sa voix.

— M. Leo Castle…

— Leo vous a engagée ? s'exclama Ashton Castle en arquant les sourcils. Comment savait-il que je venais ?

Comme pour lui-même, il ajouta en marmonnant :

— De toute façon, il sait que le sexe tarifé ce n'est pas du tout mon truc.

Merle tressaillit, abasourdie. Avait-elle bien entendu ? Pensait-il vraiment qu'elle avait été engagée pour le « distraire » ? Qu'elle l'attendait nue dans cette baignoire avec une bouteille de champagne, dans l'intention de… ? Les joues en feu, elle objecta d'une voix étranglée :

— Il y a une erreur.

— C'est ça…

Tout en l'enveloppant d'un regard appréciateur, il pénétra dans la salle de bains. Il prit la bouteille de champagne sur le bord de la baignoire et jeta un coup d'œil à l'étiquette.

— *Ça,* ce n'est pas une erreur, en revanche. C'est même

un excellent choix. À neuf cents dollars la bouteille, vous avez visiblement une haute estime de vous-même.

— Combien ? demanda-t-elle d'une voix éteinte.

Ashton sourit et elle resta bouche bée. Incapable de détourner les yeux de son visage. Sérieux, ce dernier était déjà séduisant. Illuminé par ce sourire dévastateur, il devenait d'une beauté diabolique. Tandis que son cerveau se remettait peu à peu en état de fonctionnement, elle fut frappée par un détail. Il y avait dans ses yeux bruns aux reflets d'or une lueur de lassitude indiquant que ce sourire avait quelque chose de factice. Inspirant profondément, elle reporta son attention sur la bouteille. Pourquoi avait-elle pris Leo Castle au sérieux quand il lui avait dit qu'elle pouvait se servir à sa guise dans la cave ?

— J'ignorais son prix, je suis désolée. M. Leo Castle a dit que je pouvais…

— Écoutez, ma belle, vous pouvez remplir la baignoire avec dix bouteilles de ce champagne et prendre votre bain dedans, je m'en moque, coupa Ash d'un air désabusé.

Mais son regard glissa sur ses épaules et une lueur étrange s'y alluma. Comme s'il envisageait de lécher les bulles et les gouttes d'eau sur sa peau… Elle fut parcourue d'un long frisson. Quelle idée extravagante ! Mais le plus incroyable c'était qu'elle en avait envie. Elle qui fuyait tous les hommes, elle avait soudain envie que le séducteur le plus invétéré de tous promène sa langue sur sa peau… Comment était-ce possible ? De quel sortilège était-elle victime ? Tout en se laissant glisser dans l'eau jusqu'au cou, elle ressentit de nouveau ce trouble intempestif, cette chaleur délicieuse au creux de ses reins. C'était vraiment insensé ! *Personne* ne lui faisait jamais cet effet. Le regard d'Ashton se voila et l'atmosphère se chargea d'électricité. Elle retint son souffle. Si elle n'avait pas conscience d'être en train de devenir folle, elle jurerait que la fascination qu'il exerçait sur elle était réciproque.

— Vous êtes tentée ? marmonna-t-il. Parce que moi, oui.

Elle fut incapable d'articuler un son.

— Terriblement tenté, ajouta-t-il en prenant la bouteille.

Il but une longue gorgée sans la quitter des yeux.

— J'ai été engagée par M. Leo Castle pour trier les collections de votre père, lança-t-elle précipitamment, consciente que ses joues étaient en feu.

Ashton se figea un instant, puis il reposa lentement la bouteille sur le rebord de la baignoire.

— Pardon ?

La nonchalance de ses gestes et de sa voix était démentie par la vivacité soudaine de son regard.

— M. Leo Castle m'a engagée pour trier les affaires de votre père, murmura-t-elle en baissant les yeux. Je suis archiviste et je suis arrivée mercredi. Je travaille d'abord sur les documents contenus dans les cartons.

— Archiviste ?

Elle prit une profonde inspiration. Il y avait des jours qu'elle n'avait pas autant parlé.

— En dehors des livres anciens, il y a plusieurs dizaines de cartons empilés dans le garage. Je dois également faire l'inventaire des objets d'art et de la cave. Une fois que j'aurai dressé des listes détaillées, des experts se chargeront de l'estimation. En ce qui concerne les documents, je dois effectuer le tri entre ceux à conserver et ceux à détruire.

Elle s'interrompit et lui jeta un coup d'œil. De toute évidence, ses explications ne l'intéressaient pas.

— C'est pour ça que vous êtes dans ma baignoire ?

— Je ne savais pas que c'était votre baignoire. Je n'ai pas voulu m'installer dans la chambre principale. Je croyais que celle-ci était une chambre d'amis.

Une ombre furtive passa sur le visage d'Ashton.

— C'était sans doute le cas ces dernières années, en effet. Mais autrefois, il y a très longtemps, c'était ma chambre.

Il la contempla encore un instant avant d'ajouter :

— Je suis étonnamment déçu que vous soyez ici pour les archives.

Elle resta sans voix. En principe elle aurait dû être indignée. Pas se sentir flattée ! Que lui arrivait-il ? Le champagne lui aurait-il fait plus d'effet qu'elle n'en avait eu conscience ?

— Combien de temps devez-vous rester ici ?

Elle déglutit péniblement.

— Six semaines. Mais ça risque de durer un peu plus longtemps, parce qu'il y a plus de choses que ce qui était annoncé au départ…

Il prit un des draps de bain blancs accrochés au porte-serviettes et le posa à côté de la bouteille de champagne.

— J'ignorais que Leo avait mis ça en route.

— M. Leo Castle pensait que la propriété serait vide pendant la durée de mon contrat.

— Normalement ça aurait dû être le cas.

Ashton pinça les lèvres.

— Il est peut-être préférable de poursuivre cette conversation en bas. Dans dix minutes, d'accord ?

— D'accord…

— Et désolé pour le malentendu.

Il sembla amusé par le feu qu'elle sentait se répandre sur ses joues.

— Mais ne soyez pas embarrassée. Il n'y a aucune raison. Le travail sexuel est légal dans ce pays.

— Je sais, mais ce n'est pas la branche que j'ai choisie.

Si seulement elle pouvait disparaître sous les bulles…

— Il ne faut pas m'en vouloir pour ma méprise. Le décor m'a induit en erreur. Bougie, champagne, et vous-même dans une position idéale pour mettre en valeur vos… atouts.

Le regard d'Ashton resta fixé sur le visage de Merle. Il ne

glissa pas vers les atouts en question. Malgré tout, elle fut de nouveau submergée par un trouble intense. À sa grande consternation.

— Ce n'est pas inhabituel pour vous de trouver une femme en train de vous attendre dans votre baignoire ou dans votre lit ? demanda-t-elle d'une voix rauque.

Ce qui redoubla sa consternation. Décidément, elle avait perdu la tête ! Elle ne parlait jamais de ce genre de choses.

Il sourit et des étincelles de malice jaillirent de ses yeux.

— Non. Et ça me plaît. Beaucoup.

Mais il ne payait pas les femmes en question, bien sûr. Elles faisaient ça par choix. Merle le foudroya du regard, horrifiée par ses propres pensées. Depuis quand était-elle attirée par les séducteurs ?

— Le plaisir, il faut l'apprécier, ajouta-t-il d'un ton solennel. Pas en être gêné.

Sur ces mots, il s'en alla.

Dès qu'il ferma la porte derrière lui, Merle se redressa, se rinça et sortit de la baignoire. Après s'être essuyée fébrilement, elle enfila un jean baggy et un T-shirt. Puis un sweat-shirt ample, pour faire bonne mesure. Elle laissa ses cheveux humides tels quels, relevés entortillés au-dessus du crâne. Elle s'examina dans le miroir. À la vue de son visage dénué de maquillage, elle eut des regrets pendant un millième de seconde. *Idiote*. Pourquoi cette envie soudaine de mascara et de rouge à lèvres ? Elle ne voulait pas que cet homme s'intéresse à elle. À en juger par les photos qu'elle avait pu apercevoir dans les médias, elle n'avait rien à voir avec les femmes qu'il avait l'habitude de fréquenter. Tant mieux. Elle espérait avoir un jour un petit ami, bien sûr. Mais Ashton Castle n'était pas du genre « petit ami ». C'était un amant, un séducteur, un play-boy incorrigible qui laissait sans doute derrière lui des montagnes de cœurs brisés. Elle n'avait pas l'intention d'en faire partie. Comme s'il pouvait être intéressé... C'était uniquement le contexte qui avait allumé cette lueur dans ses yeux pendant quelques secondes. Qu'avait-il vu d'elle exactement à son arrivée ? Mieux valait éviter de se torturer avec cette question.

— Vous habitez à Waiheke ou à Auckland, d'habitude ? demanda-t-il depuis la cuisine, dès qu'elle apparut en haut de l'escalier. Parce qu'il est tard. Je ne sais pas comment vous allez rentrer à Auckland maintenant que le dernier ferry est parti.

Elle descendit lentement les marches et s'arrêta sur la troisième en partant du bas, afin de pouvoir garder ses distances tout en le regardant dans les yeux. Elle ne pouvait pas partir. Ni ce soir ni aucun autre soir, pendant les six prochaines semaines.

— Je suis venu ici pour travailler. J'ai besoin de solitude et de tranquillité, ajouta-t-il devant son silence.

— Vous les aurez. Vous ne vous rendrez même pas compte de ma présence.

Il sourit, mais son regard resta froid.

— Vraiment ? Alors que vous prenez vos bains dans ma baignoire et que vous dormez dans mon lit ?

Elle serra les dents. Nul doute qu'il avait dit ça exprès pour la déstabiliser.

— Je vais changer de chambre, bien sûr.

Les joues en feu, elle baissa les yeux pour fuir son regard. Mauvaise idée... Parce que maintenant elle ne voyait plus que sa bouche. Et qu'elle ferait mieux de ne pas la regarder. Ses lèvres étaient si sensuelles qu'elles lui évoquaient des baisers avides. Elle se força à reporter son attention sur les yeux d'Ashton. Ils étaient fixés sur elle, mais ce qu'ils exprimaient n'était pas de la contrariété. C'était de la détresse. Pourquoi ?

— Retardez votre travail d'une semaine. Rentrez chez vous et prenez des vacances. Intégralement payées, bien sûr.

Elle oublia instantanément sa curiosité. Rentrer chez elle ? *Où ça ?* Elle le fixa en silence, incapable de penser à une réponse tandis que la colère montait en elle. Pourquoi avait-il besoin de cette maison immense pour lui tout seul ? Pourquoi celle-ci alors qu'il en possédait des tas d'autres ? En plus d'être un financier hyperdoué devenu milliardaire par lui-même, il était l'héritier de Castle Holdings, empire immobilier spécialisé dans les appartements de luxe en Australie. Son père avait amassé d'innombrables propriétés dans ce pays – où Ashton Castle était censé résider actuellement. Elle serra les dents. De toute évidence cet homme avait l'habitude d'obtenir tout ce qu'il voulait. De « payer intégralement » pour se débarrasser de tout ce qui le dérangeait. Et il fallait bien reconnaître qu'elle était piquée au vif qu'il la rejette. Ce qui était d'autant plus stupide qu'être rejetée était pour elle une vieille habitude.

Eh bien, pour une fois, Ashton Castle n'allait pas obtenir ce qu'il voulait. En tout cas, pas ce soir. Il était venu sur un coup de tête et malheureusement pour lui elle était déjà sur place – sous contrat et avec nulle part où aller.

— Je n'ai pas besoin de vacances, répliqua-t-elle d'un ton sec. Il faut que je travaille. Et donc que je reste ici.

— Jusqu'à demain. Ensuite, vous rentrerez chez vous pour une semaine.

— Désolée, mais en ce moment je suis entre deux logements, précisa-t-elle à contrecœur.

— Entre deux logements ? Vous voulez dire que vous êtes sans domicile ?

Elle se raidit.

— Étant donné que j'enchaîne les contrats dans des lieux différents, je n'ai pas besoin de m'installer quelque part de façon permanente.

Mensonge. Il était très rare que le logement soit compris dans ses contrats. Elle n'avait obtenu celui-ci que parce qu'elle avait pu sauter dans un avion au dernier moment. Sonja, la directrice de la société d'archivage pour laquelle elle travaillait, devait se charger de cette mission, mais son début de grossesse étant jugé à haut risque elle lui avait demandé de la remplacer à la dernière minute. Elle réprima un soupir. Comme il fallait s'y attendre, Ashton Castle la considérait d'un air incrédule.

— Les archivistes ne sont pas très bien payés, marmonna-t-elle, de plus en plus mortifiée.

— Quelle surprise…

Devant la lueur malicieuse qui s'alluma dans les yeux aux reflets d'or, elle se hérissa.

— Des tas de métiers très utiles sont mal payés.

Un peu effrayée par son audace, elle sentit son cœur battre à grands coups dans sa poitrine. Elle n'était pas du genre à tenir tête à qui que ce soit. Et encore moins à un homme comme celui-ci.

— L'archivage est un travail très utile ? Je l'ignorais.

Il scruta son visage avec un sourire à la fois impertinent et charmeur.

— Pensez-vous qu'il y ait d'autres choses que vous pouvez m'apprendre ?

Avec cette voix traînante, il semblait se révéler tout entier. Blasé. Expérimenté. Cynique. Incorrigible. Tout ce qu'elle n'était pas. Mais oui, il y avait des choses qu'elle pouvait lui apprendre. Le savoir-vivre, par exemple.

— Il n'entre pas dans mes attributions de vous apprendre quoi que ce soit, rétorqua-t-elle avec un aplomb qu'elle était loin de ressentir. Vous êtes adulte et je suis sûre que vous finirez par comprendre certaines choses. Un jour ou l'autre.

Devant son air interdit, elle éprouva une vive satisfaction.

— Si vous êtes prêt à décaler le travail d'archivage d'une semaine et à me payer une chambre d'hôtel dans les environs en plus de mon salaire intégral, je partirai à la première heure demain matin, reprit-elle. Cependant, nous sommes au début du week-end, en plein été, sur une île qui est petite, très fréquentée et où les possibilités d'hébergement sont rares. Pensez-vous pouvoir me trouver une chambre ?

Il la considéra un moment en silence, les lèvres pincées.

— Vous voulez que ce soit moi qui m'en charge ?

— C'est vous qui voulez que je m'en aille. Mais c'est peut-être vous qui pourriez loger ailleurs.

— Pardon ?

— Ça vous dérangerait beaucoup ? demanda-t-elle, poussée par une impertinence qu'elle ne se connaissait pas. Vous n'avez peut-être pas l'habitude de faire des efforts pour obtenir ce que vous voulez ?

Il la considéra avec une perplexité manifeste avant de répliquer d'un ton neutre :

— Je travaille dur pour obtenir ce que je veux. Et je l'obtiens toujours.

Comme ça devait être agréable d'être lui, songea-t-elle avec dérision. Mais sous son regard scrutateur, elle sentit son audace s'évanouir. Avant de baisser les yeux, elle eut le temps de le voir sortir son téléphone de sa poche. Un jouet technologique haut de gamme, dernier modèle. Bien sûr.

Elle l'observa à la dérobée tandis qu'il surfait sur Internet, le front plissé, la mâchoire crispée.

— Vous allez devoir rester, finit-il par dire au bout de six bonnes minutes, visiblement exaspéré.

Était-ce mal de se réjouir qu'il n'ait pas réussi à obtenir ce qu'il voulait ? Nul doute que c'était inhabituel pour lui. Et pour elle, atteindre son objectif était encore plus inhabituel. Merle fut assaillie par une bouffée d'euphorie. Elle lui avait tenu tête et elle avait gagné !

— Restez dans mon ancienne chambre. Je vais prendre la suite principale.

Il redressa les épaules avec un sourire désabusé.

— Puisque je suis ici, autant exorciser tous les démons.

Son sourire devint moqueur et il ajouta :

— Vous allez être obligée de travailler encore plus, sachant que je serai là à vous observer.

L'euphorie de Merle se dissipa. Cette plaisanterie avait tout d'une... promesse. Une promesse voilée, ambiguë, *inappropriée*. Elle sentit son pouls s'accélérer.

— Je croyais que vous aviez besoin de solitude et de tranquillité, ne put-elle s'empêcher d'objecter.

Elle fut électrisée par son regard pénétrant.

— C'était ce que je pensais aussi, murmura-t-il. Mais j'aime bien également observer les spectacles intéressants, mademoiselle...

— Merle Jordan, dit-elle d'un ton vif.

Elle n'était pas un « spectacle intéressant ».

Il s'inclina d'un air narquois.

— Ashton Castle. Mais vous le savez déjà.

Elle hocha la tête.

— J'ai vu votre photo dans le bureau.

Un jeune garçon en compagnie de ses parents, sur la plage en contrebas de la villa.

Et maintenant il était là en chair et en os, adulte... Elle s'efforça de surmonter la panique qui montait en elle. Vivement qu'il s'en aille ! Elle allait l'éviter pendant toute la semaine. Heureusement, elle avait l'habitude de rester invisible et silencieuse. Toutes ces années passées dans la coulisse pendant que sa mère chantait sur scène allaient finalement porter leurs fruits. Sans parler de celles où elle s'était cachée pour échapper aux cris de sa grand-mère. Non, elle n'aurait aucun mal à l'éviter dans une maison aussi immense que celle-ci.

Mais curieusement, Ashton semblait hésiter. Et ce qui se lisait dans son regard ressemblait... à de la détresse. Comme un peu plus tôt… Un pincement au cœur poussa M… descendre les trois dernières marches pour s'approcher de…

— Personne ne sait que je suis ici, déclara-t-il. Même pas Leo. Je préférerais que ça ne s'ébruite pas.

— Pas de problème.

S'il savait… Elle n'avait personne à qui le dire, et de toute façon elle n'avait aucun contact avec le monde auquel il appartenait. En revanche, elle avait vraiment besoin de rester dans cette villa. Non seulement elle n'avait pas d'autre endroit où loger, mais cette mission était primordiale pour elle. Elle avait des dettes à payer, et un avenir à construire.

— Vous ne vous apercevrez même pas de ma présence.

2.

« Vous ne vous apercevrez même pas de ma présence. »

Ça, c'était impossible. Ash se renfrogna. Comment allait-il oublier l'image de son corps luisant dans le clair de lune ? Dressée dans ce bain comme une dryade sortant d'une source magique, les joues en feu, elle avait un charme irrésistible qui l'avait cloué sur place. Dire qu'il l'avait prise pour une call-girl… et qu'il l'avait dit ! Même de sa part c'était une réflexion tout à fait déplacée. Il avait exprimé sans réfléchir la première idée qui s'était imposée à son cerveau fatigué. Pour être honnête, il avait sans doute pris ses désirs pour des réalités.

Et maintenant ?

Il avait vraiment besoin d'être seul, mais il n'avait jamais eu l'intention de rester ici une semaine entière. Deux ou trois jours maximum. Il avait juste voulu se débarrasser d'elle pour être libre de toute présence humaine le temps de se remettre du choc que lui causait la métamorphose de la propriété. Malheureusement il n'avait pas d'autre choix que de supporter sa présence. Cependant, cette perspective ne l'irritait déjà plus autant qu'il y a une seconde.

Le gros titre d'hier aurait dû être facile à ignorer. Cet article qui comparait « Ash, le play-boy rebelle » à son demi-frère illégitime « Leo, le dirigeant responsable » était un tissu d'inepties. Malgré tout, il l'avait obligé à faire ce qu'il remettait à plus tard depuis des mois. Un peu moins d'un

an plus tôt, Ash avait hérité de tous les biens de son p
Hugh Castle avait refusé jusqu'à la fin de reconnaître Leo
Il avait également refusé jusqu'au bout de croire qu'Ash ne voulait pas entendre parler de l'entreprise familiale. Alors même qu'ils étaient brouillés depuis dix ans, et que pendant tout ce temps Ash n'avait jamais mis les pieds au siège de la société ni dans aucune des propriétés de la famille. Il s'était d'ailleurs lancé lui-même dans les affaires en prenant des risques pour amasser une immense fortune, dans le seul but d'exaspérer son père.

Mais ça n'avait pas suffi à convaincre Hugh Castle. Ce dernier avait toujours eu pour habitude de ne pas écouter les autres et de n'en faire qu'à sa tête. Ash étant son fils légitime, c'était à lui qu'il avait légué la société. Ash avait immédiatement décidé de faire en sorte que *tous* les héritiers de Hugh Castle reçoivent la part qui leur revenait. Il avait prévu de vendre tous les biens et de partager la somme recueillie. Mais Leo avait plaidé pour une autre solution. Ce n'était pas Ash qui avait « esquivé ses responsabilités », obligeant Leo à succéder à leur père. C'était Leo qui avait insisté pour prendre la direction de Castle Holdings. Ash lui avait simplement laissé la voie libre. Comment aurait-il pu s'opposer à sa volonté, quand Leo avait déjà été terriblement lésé ? Il s'attendait plus ou moins à ce que son demi-frère démantèle Castle Holdings. Il ne lui en aurait pas voulu. Il aurait même savouré le spectacle. Mais Leo n'en avait rien fait. Il avait manifestement hérité de l'intégrité de sa mère. Grandir loin de l'influence nocive de leur père lui avait peut-être été bénéfique.

Tandis que, pour sa part, il était bien le fils de son père. Indifférent. Impitoyable. Égoïste. Ash soupira. Il y avait quand même un problème qu'il avait esquivé pendant plus d'un an. Cette dernière propriété. L'ancienne maison de vacances familiale sur l'île de Waiheke. Les médias ne penseraient jamais à le chercher ici. Personne d'autre non plus, d'ailleurs. L'idée que Leo avait engagé une call-girl pour lui était ridicule. Elle n'aurait même pas dû lui effleurer l'esprit. D'autant plus que ce n'était pas le genre de son demi-frère ultra-responsable. Ni le sien, à vrai dire. Et cette femme n'avait rien d'une call-girl. Les vêtements monstrueusement amples qu'elle avait mis pour le rejoindre le prouvaient. Mais c'était trop tard. Il l'avait vue nue, et son corps pulpeux était très inspirant…

— La propriété est assez grande pour que nous ne soyons pas obligés de nous croiser, ajouta-t-elle de sa voix timide et impertinente à la fois.

Une voix sexy en diable… Voyant les joues de Merle s'enflammer et son regard s'assombrir, Ash réprima un sourire satisfait. Elle était contrariée. Pas à cause de ce qu'il avait pu dire, mais à cause de l'effet qu'il lui faisait. C'était évident. L'attirance qu'il éprouvait pour elle était réciproque. Certes, elle semblait déterminée à y résister. Cependant, c'était elle qui avait insisté pour rester ici. Et pour qu'il découvre par lui-même l'impossibilité de trouver une chambre libre sur l'île. Elle avait voulu lui donner une leçon, mais en réalité elle lui avait rendu service. À présent, il savait que l'hébergement était rare sur l'île et qu'il n'aurait aucun mal à vendre cette propriété.

— Vous ne croyez pas ? insista-t-elle.

Il vit l'anxiété dans son regard et il se maudit.

Elle n'est pas contrariée parce que tu l'attires, elle est angoissée à l'idée de se retrouver sans domicile, espèce d'idiot.

Dans le silence qui se prolongeait, elle s'empourpra davantage. En plus d'être angoissée, elle était visiblement au comble de l'embarras. D'ailleurs, avouer qu'elle était sans domicile lui avait visiblement coûté. À cette pensée, Ash eut un pincement au cœur. Et le souvenir d'une autre femme seule, vulnérable et timide s'imposa à lui. Une femme qu'il était censé aider et qu'il avait fini par humilier.

Va-t'en. Laisse-la.

Oui, il ferait mieux de partir. Mais la tentation de rester était de plus en plus forte… Il mourait d'envie de lui enlever ce sweat-shirt informe et d'explorer sa peau, de la prendre dans ses bras et de l'embrasser avec fougue… Il dut faire appel à toute sa volonté pour se retenir. Cette attirance mutuelle était explosive. Malgré le succès qu'il rencontrait auprès des femmes, ce n'était pas quelque chose dont il avait l'habitude. Il couchait à droite et à gauche, mais sans jamais perdre la tête. Alors que là, c'était comme s'il était victime d'un accès de fièvre. Il se força à détacher ses yeux de Merle et à se concentrer sur le décor. C'était exactement le choc dont il avait besoin.

Cette propriété l'avait toujours subjugué. Un coup d'œil aux reflets de la lune sur la mer d'encre suffisait à ranimer le sentiment de liberté lié depuis toujours à cet endroit. Mais la maison elle-même était méconnaissable. De nombreuses cloisons avaient été abattues, ce qui modifiait radicalement l'espace. Il n'avait pas encore tout vu, mais dès que son regard se posait ailleurs que sur la baie son sentiment de liberté était balayé par de la colère. Du regret. Du remords. La dernière fois qu'il était venu ici, sa mère était vivante. Et il l'avait terriblement déçue. Il fuyait ce souvenir depuis très longtemps.

Le souvenir de l'article qu'il avait lu hier ne risquait pas de calmer sa colère. Le journaliste encensait son « saint homme de père », avant de comparer une fois de plus les vies si opposées de ses fils. Comment Hugh Castle pouvait-il encore être tenu en si haute estime ? C'était un véritable mystère. Il s'était pourtant chargé personnellement de révéler sa duplicité. Il avait fourni à Leo un échantillon d'ADN pour qu'il puisse prouver qu'il était bien le fils illégitime de Hugh Castle. Mais ce dernier avait été miraculeusement pardonné non seulement par ses chers « cercles très privés », mais aussi par les médias et même par l'opinion. Alors que pendant des années le vieil hypocrite avait nié que Leo était son fils aîné, et détruit la réputation de sa mère.

Qui pourrait reprocher quelques écarts à Hugh, quand il a enduré pendant de longues années la souffrance de voir son épouse mourir à petit feu ?

Comme si son père avait été la victime ! Tout lui était pardonné. Ash serra les dents. Mais pas par lui. Jamais. Impossible d'oublier. Il n'avait qu'une envie. Détruire ce qui restait de l'héritage de son père. Pour lui, la propriété de Waiheke était le symbole même de la fourberie de son père.

Cet article avait fait resurgir tous ses sentiments refoulés. Il l'avait poussé à venir affronter le lieu qui incarnait la trahison finale de son père. Pour pouvoir enfin tourner la page. Pour en finir une fois pour toutes avec l'héritage, afin d'éviter à Leo de s'en occuper. Mais son demi-frère était déjà intervenu. Il avait engagé Merle Jordan pour trier les affaires personnelles entreposées ici. Dans le fond, qu'est-ce qui l'obligeait à rester ? L'amertume et un vif sentiment d'inutilité ravivèrent la blessure qui tourmentait Ash depuis des années. Lors de sa dernière visite à Waiheke, il était resté impuissant devant sa mère qui était au plus mal. Il avait manqué à tous ses devoirs envers elle. Malgré tout, il y avait une dernière chose qu'il devait faire pour elle – même s'il n'avait plus aucune chance d'obtenir son pardon. Une tâche qu'il n'était pas approprié de confier à des mains étrangères – même les mains délicates de l'archiviste qui se trouvait devant lui. Une tâche qui n'incombait qu'à lui et qu'il ne pouvait pas esquiver plus longtemps. Les regrets qui le rongeaient en ce qui concernait sa mère étaient déjà assez nombreux. Oui, il fallait qu'il reste un jour ou deux au moins, pour accomplir son dernier devoir envers elle. Pour trier ses affaires lui-même.

Comme la plupart des gens, Ash préférait de loin le plaisir à la douleur. Or les souvenirs qui l'assaillaient étaient les pires de sa vie. Alors, pour s'en distraire, que faire d'autre que de contempler de nouveau sa belle « locataire » ?

L'épaisse chevelure de Merle Jordan était toujours relevée en un chignon très approximatif, d'où s'échappaient quelques boucles folles. Malgré l'absence de maquillage, ses lèvres pulpeuses étaient d'un rose vif alléchant et l'éclat de ses yeux noisette semblait plein de promesses. Il était incroyablement tentant de vérifier si elle était aussi prête à succomber qu'elle en avait l'air.

— J'ai faim, Merle.

Il vit ses pupilles se dilater et il eut la nette sensation que la petite veine à la base de son cou battait plus vite.

— Il doit bien y avoir quelques gourmandises à déguster ? ajouta-t-il d'une voix nonchalante, incapable de résister à l'envie de la voir se troubler davantage.

Elle déglutit péniblement.

— Ou bien dois-je le vérifier par moi-même également ?

Une étincelle de colère jaillit des yeux noisette.

— Vous n'avez rien apporté ?

Il sourit. Elle le prenait pour un enfant gâté et elle n'avait pas tort. Pas question de s'en excuser, bien sûr, mais les mouvements de rébellion de cette créature timide lui plaisaient trop pour qu'il se prive de les provoquer… Sous le regard scrutateur des yeux noisette, Ash changea soudain d'avis. Tournant les talons, il se dirigea vers la cuisine américaine. Très conscient que Merle le suivait du regard. Il examina les étagères, mais les traces de sa présence étaient très limitées. Dans le réfrigérateur, rien d'autre qu'un morceau de fromage. Sur une étagère du garde-manger, quelques petites boîtes de conserve, deux paquets de nouilles instantanées et un paquet de crackers…

— De quoi vous nourrissez-vous ? grommela-t-il en lui jetant un coup d'œil de l'autre côté du comptoir.

— J'ai des provisions suffisantes.

— Suffisantes ? Quelle tristesse… Pourquoi vous contenter de ce qui vous suffit ?

Elle s'empourpra et il ne résista pas à l'envie de la taquiner. Elle le prenait pour un play-boy capricieux ? Pour la voir rougir encore, il était prêt à se comporter comme tel.

— Des nouilles instantanées ? dit-il d'un ton dédaigneux.

— Elles sont délicieuses.

— Personnellement, je préfère les nouilles fraîches étirées à la main.

Parmi les boîtes de conserve, il tomba sur des puddings individuels cuits à la vapeur – avec leur caramel liquide – à faire réchauffer au micro-ondes dans leurs petits pots.

— Tiens, tiens… Je vois que vous ne craignez pas de vous faire plaisir.

Bien sûr. Ne l'avait-il pas trouvée dans un bain moussant en train de déguster du champagne hors de prix à la lueur d'une bougie ? Pas de doute, elle était sensuelle. Les yeux écarquillés, elle le regarda d'un air outré.

— Vous voulez manger mon dessert ?

Non. C'était elle qu'il voulait déguster. Et elle le savait aussi bien que lui…

— Vous pensez que vous pouvez prendre ce que vous voulez ? poursuivit-elle, écarlate. Même si ça ne vous appartient pas ?

— Je suis toujours prêt à prendre ce dont j'ai envie si on veut bien me l'offrir.

Il retint son souffle tandis qu'elle hésitait.

— Je n'offre rien du tout, finit-elle par répondre.

— Pas même une petite bouchée de pudding ? demanda-t-il d'une voix traînante. Je ne vais tout de même pas vivre pendant une semaine comme un naufragé.

— Vous n'êtes pas capable de refréner votre appétit même pendant un moment ?

— Je n'aime pas qu'on me refuse une gourmandise. J'aime les mets délicieux. Peu importe s'ils ne sont pas abondants. Ce qui importe c'est la qualité.

— Un homme comme vous ne se contentera jamais d'une bouchée. Un pudding ne vous suffirait pas, il vous les faudrait tous.

Il s'appuya contre le comptoir en riant.

— Vous pensez que j'ai un appétit vorace ?

Elle hocha lentement la tête en le regardant dans les yeux.

— Absolument.

— Vous vous trompez, ma belle. Je me contente toujours d'une seule bouchée. Jamais plus d'une seule nuit avec la même femme.

— Une seule nuit ? C'est mesquin, non ? Avez-vous peur qu'elle se lasse si vous la laissez rester plus longtemps ?

Ash resta impassible, masquant l'excitation qui montait en lui. Petite chose muette d'embarras au premier abord, Merle Jordan était capable de se métamorphoser par moments en adversaire pleine d'esprit qui n'hésitait pas à sortir ses griffes. Il en redemandait !

— Pas du tout. C'est juste pour lui éviter le chagrin d'une rupture inévitable.

— Oh ! je vois. C'est de la *galanterie*. Comme c'est héroïque de votre part de la protéger de vous.

— En effet. Maintenant dites-moi, mademoiselle Jordan.

Il souleva une boîte de pudding.

— Allons-nous étiqueter et mettre sous clé nos ressources respectives, ou bien allons-nous les mettre en commun et les partager ?

Elle redevint écarlate et il vit ses mains trembler malgré

ses efforts pour le cacher. Mais elle continuait de soutenir son regard, même si ça lui coûtait visiblement. Pas de doute, elle avait du cran. Il avait hâte d'entendre sa prochaine répartie…

— Quelles ressources comptez-vous apporter ? demanda-t-elle en relevant le menton.

Il réprima un sourire de satisfaction. Tout à coup, il avait de nouveaux projets. Des projets très réjouissants. Il s'était dit qu'il avait besoin d'être seul pour affronter ce dernier adieu et trier les affaires de sa mère. Mais peut-être avait-il justement besoin de compagnie, au contraire. Cette femme qui n'hésitait pas à lui tenir tête pourrait bien être l'antidote parfait au tourbillon d'émotions que cet endroit déclenchait en lui. Parce qu'il avait désespérément besoin d'un dérivatif au supplice qui l'attendait et qu'il redoutait depuis dix ans. Peut-être parviendrait-il à la faire sortir de sa coquille hérissée de piquants ? S'il parvenait à vaincre sa réserve, à la faire rire, ce serait un bon point. Et si elle acceptait de dîner avec lui, une grande victoire.

— Ne l'avez-vous donc pas encore compris, Merle ? répliqua-t-il avec un mélange de malice et d'arrogance assumée. J'apporterai tout ce dont vous pouvez avoir envie.

3.

À peine levée, Merle s'était enfermée dans le bureau avec un des nombreux cartons empilés dans le garage. Elle n'était pas censée travailler le week-end, mais vu les circonstances ça paraissait le meilleur moyen de s'isoler et d'éviter les situations embarrassantes. L'énorme table en bois de cette pièce immense était idéale pour trier les tonnes de documents, un travail qui l'absorberait pendant des semaines.

Malheureusement, les baies vitrées qui s'étendaient sur tout un côté de la pièce donnaient non seulement sur la mer mais aussi sur la somptueuse piscine à débordement. Dont Ash Castle profitait pleinement depuis des heures. La veille il avait dit qu'il était là pour travailler, mais pour l'instant il semblait surtout résolu à faire de l'exercice. Il enchaînait les longueurs, inlassablement. De temps en temps, il sortait de l'eau pour faire des pompes et des burpees sur le large pourtour du bassin. Et vu qu'il ne portait rien d'autre qu'un maillot de bain noir, il était difficile de ne pas remarquer sa musculature parfaite. Mais le plus fascinant c'était sa détermination et son énergie. Il s'exerçait comme un possédé.

Avec effarement, Merle vit Ash aligner par terre des giryas qu'il venait de sortir de la salle de sport, puis enchaîner une série diabolique d'exercices. Il semblait vraiment déterminé à s'épuiser. Ce qui risquait de prendre un certain temps parce qu'il semblait capable de performances dignes d'un athlète de haut niveau. Quand il avait parlé de travail, était-ce à cela qu'il pensait ? Avait-il prévu de passer le week-end prochain avec une créature de rêve pour laquelle il voulait être au summum de sa forme ? Difficile d'imaginer une hypothèse plus déprimante. Et le pire c'était qu'elle ne parvenait pas à se concentrer sur autre chose. Ash Castle occupait entièrement son esprit, qui ne cessait pas de revenir sur le moment mortifiant où il l'avait surprise dans sa baignoire. Elle était poursuivie par le souvenir de son regard malicieux, de sa voix moqueuse… Mais le plus intrigant c'était cette lueur furtive de désenchantement qu'elle avait aperçue dans ses yeux. Apparemment, il était moins superficiel qu'il ne le paraissait au premier abord. Mais le pire de tout c'était qu'elle avait rêvé de lui. « J'ai faim, Merle. » Cette déclaration n'était bien sûr pas innocente, et elle avait provoqué chez elle des réactions tout à fait inappropriées… Irritée contre elle-même, Merle prit de nouveaux documents dans le carton. Ça tournait à l'obsession et ça devenait ridicule. Il était urgent qu'elle retrouve son indifférence habituelle vis-à-vis des hommes et du sexe. Les hommes et elle, ça faisait deux. En fait, *les gens* et elle, ça faisait deux. Ce qui n'avait rien de surprenant, vu son enfance. Mais bientôt les choses allaient changer. Dès qu'elle serait à flot, elle pourrait aller de l'avant. Et cette mission allait l'aider considérablement. Redressant les épaules, elle se concentra sur les documents étalés devant elle. Plus question de se laisser distraire par Ash Castle. Elle ne pouvait pas se le permettre.

Il s'avérait que Hugh Castle était de la vieille école. Il gardait tout, depuis les dossiers professionnels jusqu'à la correspondance, en passant par les fiches de déroulement des cérémonies officielles, les menus des grands mariages, et les articles de presse – dont il était le sujet pour la plupart. Rien d'étonnant à cela vu sa brillante réussite. Elle étiqueta chaque document et entra les informations correspondantes dans la base de données qu'elle avait créée. Elle soupira. Impossible de chasser de ses pensées le fils aîné de Hugh Castle. D'après la rumeur, la cause du différend entre Hugh et Ash était la vie tumultueuse d'Ash. Cependant, Ash avait réussi par lui-même dans la haute finance et le capital-risque. Il n'avait donc rien d'un incapable. À la mort de Hugh, un an plus tôt, les commentateurs s'étaient demandé qui allait hériter de son empire. Le fils légitime mais rebelle, ou le fils que Hugh avait refusé de reconnaître. Il était notoire qu'Ash ne voulait rien avoir à faire avec son père depuis des années, mais la surprise avait été générale quand Leo, le fils ignoré, avait pris la direction de Castle Holdings, l'empire immobilier créé par Hugh. Pourquoi était-ce Leo et non Ash qui avait succédé à Hugh ? Dans un moment de faiblesse, elle tapa le nom d'Ash dans un moteur de recherche, mais ce furent les images qui retinrent son attention. Page après page c'était un défilé sans fin. Brunes, blondes, rousses. Cheveux longs, carrés courts, coupes à la garçonne. Minces, pulpeuses et toutes les morphologies intermédiaires… Le seul point commun de toutes ces femmes, c'était leur sourire suffisant. L'estomac noué, Merle inspira profondément. Elle n'était tout de même pas jalouse ?

Au cours des dix dernières années, Ash Castle avait visiblement fréquenté un nombre incalculable de femmes. Et alors ? Ça n'avait rien de surprenant. Ne lui avait-il pas dit qu'il se limitait à « une seule nuit » ? Peu de femmes figuraient sur plus d'un cliché. Mais si toutes arboraient le même sourire satisfait, lui semblait beaucoup moins réjoui. Ce n'était pas du désir qui brillait dans ses yeux mais quelque chose qui ressemblait à du ressentiment. Et sur plus d'une photo il avait la main levée pour éviter le flash ou écarter le paparazzi. Elle quitta le moteur de recherche en soupirant. Cette recherche stupide n'avait pas assouvi sa curiosité. Au contraire. Elle jeta un coup d'œil à la photo posée sur la cheminée. Ash était debout entre ses parents sur la plage. Il devait avoir dix ans, mais ses yeux étaient reconnaissables entre mille. Malgré leur brouille, Hugh Castle gardait cette photo bien en évidence dans sa maison de vacances. Intéressant… Elle jeta un coup d'œil dehors. Ash faisait de nouveau des longueurs. Quelle chance ! La chaleur de l'après-midi s'était infiltrée dans le bureau, mais elle ne pouvait pas ouvrir les baies vitrées comme elle en avait pris l'habitude depuis son arrivée. Pas avec Ash à quelques mètres d'elle, alors qu'elle était déterminée à rester invisible. Elle régla la climatisation et se mit à frissonner de froid. Quelle plaie ! Dès qu'elle aurait fini de travailler, elle remonterait dans sa chambre pour la soirée. La pièce était immense, avec un coin bureau confortable en plus de la terrasse donnant sur la piscine et la baie. Elle pouvait difficilement se plaindre. Malgré tout, elle éprouva une pointe de regret au souvenir de la salle de cinéma qu'elle avait repérée le premier jour, avec sa filmothèque abondamment garnie. Ce soir elle avait prévu de regarder un film et elle s'était réjouie à l'avance d'essayer la machine à pop-corn… Tout à coup une image surgit dans son esprit. Elle était lovée sur le somptueux canapé pour regarder un film en compagnie d'Ash Castle. Comme dans une comédie romantique.

Idiote. Ce ne serait pas une comédie romantique mais une tragédie. Ou pire, une farce. Dans laquelle la fille ringarde s'imaginait que l'homme parfait s'intéressait sincèrement à elle. Et à la fin elle serait un objet de risée. Une fois de plus. Elle avait déjà été humiliée par un homme devant lequel toutes les filles se pâmaient et elle n'avait aucune envie de renouveler l'expérience. Pour les hommes de ce genre, séduire était si facile qu'ils finissaient par trouver ça lassant et qu'ils éprouvaient le besoin de s'amuser. De jouer à des jeux cruels. Elle était bien placée pour le savoir, elle en avait été victime. Et puis il y avait l'expérience de sa mère, une preuve supplémentaire du danger que représentaient les séducteurs comme Ash. Pas question de commettre la même erreur qu'elle. Alors au lieu de regarder un film en mangeant du pop-corn, elle allait rester dans sa chambre et s'installer dans un fauteuil confortable avec du fromage et des crackers. En se réjouissant d'avoir survécu à cette journée. Et dans une semaine, il ne serait plus là.

Allongé sur le dos dans l'eau, Ash observait la maison. La créature sexy qu'il avait trouvée dans sa baignoire hier soir n'avait-elle existé que dans son imagination ? N'était-elle qu'un mirage né de son cerveau surmené ? Non. Son esprit avait beau être inventif, il n'aurait pas pu faire apparaître un échantillon aussi superbe de féminité. Ni la tenue horrible qu'elle avait mise ensuite. Aujourd'hui, le silence qui régnait dans la maison était horripilant. Merle Jordan était championne du monde d'esquive. Ce dont il aurait dû se réjouir. Après tout, il lui avait dit qu'il était venu ici pour s'isoler et il avait tenté de la pousser à partir. Mais de toute façon, il n'avait aucune chance de trouver la paix dans cet endroit. C'était la première fois qu'il y revenait depuis des années et les souvenirs le torturaient. L'écho de vieilles disputes résonnait sans cesse dans son esprit, si bien qu'il était à cran. Comment trouver le courage de trier les affaires de sa mère quand il ne supportait même pas de regarder autour de lui ? Son père avait effectué des transformations radicales, éliminant toutes les contributions apportées par sa mère. Il y avait non seulement une nouvelle piscine, mais aussi une nouvelle aile destinée aux invités, avec salle de cinéma et piste de bowling. Quant à la cave, elle avait doublé de volume. Mais ce qui l'avait rendu fou de rage c'était la métamorphose subie par le jardin que sa mère avait tant aimé. À tel point qu'il n'avait pas pu se résoudre à dépasser la piscine pour aller vérifier l'étendue des dégâts. Il avait tenté d'éteindre sa colère en s'épuisant physiquement, mais l'entraînement intensif qu'il s'était infligé n'avait pas eu les résultats escomptés. Son esprit continuait de bouillonner. Cependant, c'était de plus en plus à Merle qu'il pensait. Tant mieux, elle était un objet de réflexion nettement plus agréable. Merle Jordan, femme timide et mystérieuse. Que faisait-elle dans la maison ? Comment parvenait-elle à rester aussi calme ? Aussi invisible ?

Il n'était pas venu ici pour avoir une aventure. Et malgré leur indéniable attirance mutuelle, il était clair qu'elle ne voulait pas de ça non plus. Ce qui la rendait encore plus séduisante… Il aimait jouer et il aimait gagner. Par ailleurs, il ne recherchait plus l'isolement. Pas dans cette maison, symbole de bonheur autrefois et complètement détruite aujourd'hui. Bien sûr, ce n'étaient pas les transformations qui avaient tout détruit. C'était lui. C'était sa propre faiblesse – celle qu'il avait héritée de son minable de père. Ash inspira profondément. Oui, il valait beaucoup mieux se concentrer sur Merle Jordan. Quand il l'avait surprise nue dans la baignoire elle avait été mortifiée, mais par la suite elle s'était révélée impertinente. Ce qui n'était pas pour lui déplaire. Et puis cette bouche… Il fut transpercé par une flèche de désir. Il y avait longtemps qu'il n'avait pas été aussi tenté par une femme. Depuis plusieurs mois il avait tendance à être blasé. Toujours la même chose. Longues journées de travail, sorties sans surprises, aventures faciles. Bref, l'ennui. Or Merle Jordan était tout sauf ennuyeuse. Merle Jordan ne ressemblait à personne de sa connaissance. Une archiviste très consciencieuse et sans domicile…

À la fin de l'après-midi, Ash perdit patience. Il gagna à grands pas le bureau, où il savait qu'elle s'était installée pour travailler. À son entrée dans la pièce il évita de regarder le carton ouvert par terre et les documents étalés sur la grande table. Il n'était pas encore prêt. Merle était debout à côté de la table, une feuille à la main. Dans une tenue invraisemblable ! Les gants blancs pour manipuler les documents, il pouvait comprendre. Mais cet accoutrement ? Ça ressemblait à une combinaison de protection contre les produits dangereux, mais noire au lieu d'être blanche ou fluo. C'était le vêtement le plus informe et couvrant qu'il avait jamais vu.

— Un problème ? demanda-t-elle avec une nervosité manifeste.

Il ne répondit pas, trop occupé à admirer son visage heureusement visible. Elle avait le teint aussi lumineux que dans son souvenir et ses longs cheveux bruns étaient retenus par une natte lâche dans son dos. Quant à ses yeux… Fixés sur lui, écarquillés, ils fonçaient peu à peu jusqu'à prendre des nuances chocolat. Fascinants…

— Monsieur Castle ?

Il fut brusquement arraché à sa contemplation. « M. Castle » c'était son père. Lui, c'était Ash.

— Comment ça se passe ? demanda-t-il.

— Bien, merci.

— Vous avez trouvé un cadavre dans le bunker ?

— Un… quoi ?

— Un cadavre. Dans le bunker.

Il indiqua sa combinaison de protection avec un sourire narquois.

— D'où la panoplie de médecin légiste.

À sa grande satisfaction, elle releva le menton.

— Très drôle. Beaucoup de cartons sont pleins de poussière. Ma « panoplie de médecin légiste » protège mes vêtements.

Elle plissa le front avant d'ajouter :

— Quand vous parlez d'un bunker vous plaisantez, n'est-ce pas ?

— Vous n'êtes pas au courant ?

— Si j'étais au courant, je ne vous poserais pas la question.

Il réprima un sourire. Décidément, l'impertinence lui allait très bien…

— Il y a un bunker secret.

— Un vestige de la guerre ? Dans la propriété ?

— Non, malheureusement. Ça aurait été fascinant. Un bunker récent. C'est mon père qui l'a fait installer.

Elle arqua les sourcils.

— Une pièce de survie ?

— Je crois que c'est un peu plus sophistiqué que ça.

Il n'avait pas encore vérifié. La construction du bunker lui avait complètement échappé et il n'avait pris conscience de son existence qu'en consultant la liste des entrepreneurs payés sur la succession. Ce qu'il avait aperçu du jardin l'avait tellement perturbé qu'il avait renoncé à pousser plus loin son exploration. Le faire en compagnie de Merle serait peut-être moins pénible.

— Vous voulez voir le bunker ?

— Je n'ai pas fini de trier ce carton, objecta-t-elle d'une voix qui manquait de conviction.

— Il sera encore là tout à l'heure. Nous ne devrions pas en avoir pour très longtemps. Et puis le bunker contient peut-être des choses qui méritent d'être archivées.

— Vous n'en êtes pas certain ?

— Je n'y suis pas encore allé.

— Ah bon ?

Il secoua la tête, s'efforçant de masquer son rejet instinctif de tout ce que son père avait pu construire.

— Ça pourrait être excitant, vous ne trouvez pas ? Comme la découverte du tombeau de Toutankhamon…

Elle fit un effort visible pour réprimer un sourire mais elle n'y parvint pas. Il se sentit aussitôt plus léger. Un point pour lui.

— Attendez juste que je finisse avec cette lettre.

Elle posa sur la table le document qu'elle tenait à la

main, attirant son attention sur les affaires de son père. Des affaires qui le révulsaient. S'il s'écoutait il brûlerait tout… Stop. Mieux valait se concentrer sur elle.

— Vous ne portez pas de lunettes ? demanda-t-il alors qu'elle notait quelque chose au crayon.

— Un peu cliché, non ? La fille studieuse a forcément besoin de lunettes ?

Il pouffa. Voilà ce dont il avait besoin ! Un échange de reparties spirituelles avec une interlocutrice déterminée à rester indifférente. Sauf qu'elle ne l'était pas. C'était une évidence. L'électricité qui crépitait entre eux était la marque d'une attirance mutuelle.

— En fait, j'ai posé cette question à cause de la lampe que vous utilisez. Elle émet une lumière inhabituelle.

— Ça évite d'abîmer les documents, répliqua-t-elle en annotant de nouveau la lettre. Ce n'est pas pour mes yeux. J'ai une vue parfaite.

— Pourquoi m'avez-vous évité toute la journée ? demanda-t-il quand elle eut terminé.

— Vous êtes venu ici à la recherche de solitude et de tranquillité. J'ai respecté votre volonté.

Quel idiot ! Il n'aurait jamais dû dire ça ! Et au lieu d'insister pour qu'elle s'en aille, il aurait dû repartir. En réalité, il n'aurait jamais dû revenir. Peut-être ferait-il mieux de laisser Merle s'occuper des affaires de sa mère. Le problème c'était qu'à présent elle avait piqué sa curiosité.

— Et de toute façon j'ai du travail, ajouta-t-elle.

— Vous êtes censée travailler le week-end ?

— Je me suis dit que je ferais aussi bien d'avancer puisque je dois rester invisible.

— Eh bien, faites une pause. Allons voir dans le bunker s'il y a des choses qui méritent d'être conservées.

Il était persuadé du contraire, mais s'il se trompait il voulait de toute façon se débarrasser de tout au plus vite.

C'était uniquement pour Leo et sa cousine Grace qu'il avait accepté de procéder à un inventaire avant de vendre. Ils avaient déjà été tellement lésés qu'il voulait éviter à tout prix que ça se reproduise. Les autres propriétés étaient déjà vendues, et les affaires personnelles avaient été expédiées ici pour être triées.

— Apparemment, l'entrée est une trappe dissimulée à l'arrière du pavillon de piscine, précisa-t-il, anxieux de penser à autre chose qu'à Leo, Grace et son père.

— Sérieusement ?

— Oui.

Merle n'hésita pas longtemps. Elle suivit Ash. C'était une *très* mauvaise idée, mais comment résister ? Elle avait juste jeté un bref coup d'œil au pavillon de piscine – comme à la salle de cinéma –, préférant attendre le week-end pour découvrir les activités de loisir. Elle avait tenu avant tout à évaluer la charge de travail, parce que les indications de Leo étaient restées très vagues. Il ne connaissait ni le nombre de cartons stockés sur place, ni même l'état de la propriété. Mais l'arrivée inattendue d'Ash l'avait obligée à modifier ses projets et à se terrer dans le bureau toute la journée. Apparemment il n'était pas du genre à faire la grasse matinée le week-end, si bien qu'elle avait dû s'en priver elle aussi. Comment aurait-elle pu rester au lit en écoutant le clapotis de l'eau pendant qu'il nageait ? Un bruit qui avait fait surgir des images intempestives dans son esprit encore perturbé par le rêve érotique de la nuit… L'effet que cet homme lui faisait était vraiment mortifiant. En ce moment même elle avait du mal à ne pas être troublée par sa tenue. Certes, il était parfaitement naturel de rester en maillot de bain dans une maison de vacances après avoir passé la matinée dans la piscine. Malheureusement, ce corps musclé attirait irrésistiblement son regard et elle mourait d'envie de le toucher… Irritée contre elle-même, elle s'efforça de se concentrer sur le décor. Le pourtour de la piscine était assez vaste pour accueillir une grande table permettant de déjeuner dehors. Et bien sûr, plusieurs transats et fauteuils permettaient de se prélasser à l'ombre ou au soleil en admirant la vue sur la baie.

— Le bunker a été construit en même temps que la piscine et le court de tennis. D'après ce que j'ai déduit des plans, ils ont creusé toute la zone pour enfouir une structure préfabriquée.

Ash déplaça un tapis sur le sol du pavillon de piscine.

— D'après mes notes…

Il appuya sur une dalle. Sous les yeux ébahis de Merle, un groupe de quatre dalles coulissa, révélant une cavité obscure. Elle pouffa.

— On se croirait dans un film d'espionnage.

— Oui. C'est ridicule, n'est-ce pas ?

Des lumières s'allumèrent, éclairant un escalier très raide.

— On y va ? demanda-t-il avec un sourire malicieux.

Elle sentit son cœur s'affoler.

— Je laisse la trappe ouverte, n'est-ce pas ?

— Bien sûr.

En bas des marches, Ash ouvrit une porte. Quand il la franchit, de nouvelles lumières s'allumèrent. Le cœur toujours battant, Merle le suivit.

— Oh…

Elle promena autour d'elle un regard stupéfait.

— C'est…

— Dément ? suggéra-t-il en secouant la tête.

L'endroit n'avait rien d'une pièce de survie et s'apparentait plutôt à une suite de palace.

— Jamais on ne pourrait deviner l'existence de ce…

— Tout l'intérêt est là, non ? lança-t-il en avançant dans la pièce.

— C'est immense…

Et si luxueux ! Parquet ciré, canapés en cuir…

— Pour mon père l'opulence allait de soi.

— Comment l'air peut-il sembler aussi pur à une telle profondeur sous terre ?

— Il y a un système de ventilation. Le panneau de commande est ici.

L'attention de Merle était déjà attirée par d'autres détails. Encastrés dans le mur et presque invisibles, de grands placards offraient un espace de rangement impressionnant. Par ailleurs des cadres numériques s'étaient éclairés, créant l'illusion de fenêtres qui ouvraient sur un jardin virtuel. La cuisine était relativement petite, mais très fonctionnelle et dotée d'un équipement électroménager à la pointe de la technologie. L'espace y était exploité au maximum sans qu'elle soit encombrée.

— Qu'est-ce qui lui a pris de faire aménager ça ? marmonna Ash.

— Il faut dire que c'est assez étonnant.

Elle laissa échapper un petit rire désarmé.

— Pensait-il qu'il était en danger ? Ou que la fin du monde était proche ?

— Non. Je pense que c'était le dernier gadget tendance à l'époque et que ça lui donnait un sentiment de supériorité par rapport aux membres de son club. Il devait y faire allusion sans jamais rien confirmer. Il aimait les cachotteries.

Merle prit soin de masquer sa surprise. Pourquoi cette rancœur dans la voix d'Ash ? Et de nouveau cette émotion furtive qu'elle avait déjà surprise dans ses yeux hier soir… Quand il avait cet air étrange, il était encore plus beau. Beau ? Elle se raidit. Le bunker ne semblait plus aussi spacieux, tout à coup. Ni aussi sûr. C'était un peu effrayant… et très excitant.

Ash se frotta distraitement le bras.

— Vous avez froid ? demanda-t-elle sans réfléchir. Vous devriez peut-être vous habiller.

Il se tourna vivement vers elle avec un sourire pétillant de malice.

— Vous n'aimez pas vous baigner ? Il fait très chaud cet après-midi.

Il faisait *extrêmement* chaud. Impossible de le nier. D'ailleurs, elle était en nage. Mais pas question de l'avouer, bien sûr. De toute façon, elle avait perdu sa voix.

— Vous n'aimez pas la piscine ? Et la plage ?

Il pouffa.

— À moins que vous n'appréciiez que les bains moussants ?

— Je ne voulais pas vous déranger.

— Trop tard, Merle. Mais de mon côté j'ai monopolisé la piscine, n'est-ce pas ?

— Vous êtes chez vous. Moi, je ne fais que travailler ici.

— Non, vous y vivez également. Vous n'êtes pas censée travailler toute la journée. Il faut que vous fassiez des pauses. Si vous voulez, je m'éclipserai de la piscine au moment qui vous conviendra le mieux.

Toute trace de malice avait disparu des yeux d'Ash. À son grand dam, elle fut de nouveau envahie par un trouble intense. Elle prit l'étroit couloir qui partait de la pièce, plus pour s'échapper que par réelle envie de visiter les lieux. Mais la fascination et la curiosité reprirent le dessus quand elle arriva dans une petite chambre occupée par des lits superposés et décorée dans des tons pastel. À la suite il y avait une salle de bains ultramoderne, et au-delà une somptueuse chambre pour deux. Le tout créait une atmosphère douillette des plus agréables. Il devait être facile d'oublier qu'on était sous terre. Ash la rejoignit dans la chambre et elle eut brusquement une conscience très aiguë qu'ils étaient en tête à tête et coupés du monde extérieur.

— C'est plus coquet que beaucoup de logements, commenta-t-elle pour rompre le silence.

Beaucoup plus que la maison dans laquelle elle avait grandi, en tout cas.

— Pour un espace qui ne sera probablement jamais utilisé, ça semble extravagant, n'est-ce pas ?

Il se contenta de hocher la tête. Ce qu'elle venait de dire était stupide, songea-t-elle aussitôt avec embarras. Pour lui, ce décor n'avait rien d'extravagant. Il devait même lui sembler spartiate, vu le luxe auquel il était sans doute habitué.

— Vous avez vu quelque chose qui mérite d'être archivé ? demanda-t-il.

— Je ne sais pas.

Elle jeta un coup d'œil aux placards qui se fondaient dans les murs, comme ceux du salon. Si elle osait, elle les ouvrirait pour vérifier s'ils contenaient quelque chose. Mais la présence d'Ash à côté d'elle lui donnait l'impression que la pièce avait soudain rétréci. Pour ne rien arranger, son regard fut irrésistiblement attiré par lui. Et rencontra le sien, fixé sur elle. La température monta en flèche. Privée d'air, elle se détourna pour passer devant lui afin de quitter la chambre. Il fallait qu'elle remonte au rez-de-chaussée. Ce n'était pas de la claustrophobie. Elle était juste trop près de lui. Sa prudence habituelle s'était évanouie et elle était tentée de prendre des initiatives… osées. Une attitude qui ne lui ressemblait pourtant pas du tout.

— Je vais…

Elle expira lentement. Jamais son cœur n'avait battu aussi vite.

— Je vais remonter.

Elle lui jeta un nouveau coup d'œil et se figea, électrisée par son regard brûlant. Son cœur s'affola de plus belle. Non seulement il lui faisait un effet désastreux mais il le savait. Elle en était sûre… Clouée sur place, elle perdit la notion du temps.

— J'arrive dans un moment, finit-il par marmonner.

Elle dut se retenir pour ne pas courir jusqu'à l'escalier. Il était si raide qu'elle monta lentement en se concentrant sur chaque marche. Elle était presque arrivée en haut quand elle prit enfin conscience qu'aucun rai de soleil ne provenait du rez-de-chaussée. La trappe s'était refermée.

— Ash ? appela-t-elle d'une voix étranglée. Ash !

— Oui ?

Il apparut en bas des marches.

— Qu'y a-t-il ?

Mais elle n'eut pas besoin de répondre. Il monta à toute vitesse et en un clin d'œil il fut juste derrière elle. Beaucoup trop près derrière elle… Elle n'eut pas le courage de se retourner.

— Je crois qu'on ne peut plus sortir, marmonna-t-elle.

4.

Un rire étouffé s'échappa de la gorge d'Ash.

— Qu'avez-vous fait, Merle ?

— J'ai laissé ouvert. Je sais que j'ai laissé ouvert !

Elle recula de quelques marches pour laisser Ash essayer d'ouvrir la trappe.

— Ça a dû se refermer automatiquement, commenta-t-il d'une voix traînante.

— Ce qui veut dire que ça doit se rouvrir automatiquement, non ? Avec un autre mécanisme secret ?

— Sûrement.

— Si cet endroit est vraiment à la pointe de la technologie… N'y a-t-il pas un système de scan rétinien qui permet de déverrouiller le panneau d'accès en quelques secondes ?

Il la regarda avec un sourire malicieux.

— Si j'avais les globes oculaires de mon père dans la poche, nous pourrions les utiliser. Malheureusement, je ne les ai pas.

Elle déglutit péniblement. Pourquoi n'était-il pas aussi contrarié qu'elle ? Parce qu'elle ne le troublait pas, sans doute. À moins qu'il sache exactement comment ouvrir et qu'il s'amuse à la taquiner ?

— Sommes-nous vraiment enfermés ?

— Serait-ce si terrible ? demanda-t-il en arquant les sourcils.

Incapable de soutenir son regard, elle se détourna et

redescendit en bas de l'escalier. Mon Dieu, elle était coincée sous terre dans un luxueux abri de survie avec le milliardaire Ashton Castle. Pour certaines femmes, ce serait peut-être l'accomplissement d'un rêve. Mais pour elle ? Dans l'état dans lequel elle se trouvait… c'était un cauchemar. Elle se mit à aller et venir fébrilement entre l'escalier et la porte.

— Je refuse de croire que nous sommes coincés. L'intérêt d'un bunker n'est-il pas d'offrir la sécurité à ses occupants ? Il doit y avoir une deuxième sortie… Une issue de secours. Et si un incendie se déclarait ?

— Plus incontrôlable que celui qui vous dévore en ce moment, vous voulez dire ?

Elle serra les dents. Oui, d'accord, elle paniquait. Pas parce qu'elle avait peur de rester coincée ici pour toujours et de mourir. Ce qui la terrifiait c'était la perspective d'être enfermée ici avec lui. Et ce sourire narquois ?

— C'est vous, n'est-ce pas ? Vous l'avez fait exprès ?

Il écarquilla les yeux d'un air beaucoup trop innocent.

— Ce n'est pas moi qui ai fermé la trappe.

Elle suffoqua d'indignation.

— Moi non plus !

Il pouffa.

— Ce n'est pas drôle ! protesta-t-elle.

— La tête que vous faites, si, c'est très drôle. Que se passe-t-il ? Vous avez peur de moi ?

— Bien sûr que non !

Ce n'était pas lui le problème. Elle ne pensait pas un seul instant qu'il allait tenter quelque chose sans son accord. Non, le problème c'était ce désir effarant qu'elle ne parvenait pas à réprimer.

— Alors que se passe-t-il ? Vous êtes claustrophobe ?

— Non. Rien de grave. C'est juste que je…

— Vous craignez de ne pas pouvoir vous contrôler si vous restez seule avec moi ?

Elle le foudroya du regard. Quelle arrogance ! Et – malheureusement – quelle perspicacité…

— Vous m'avez dit vous-même que vous m'évitiez, insista-t-il. Et puis…

Son sourire s'élargit et il indiqua sa combinaison.

— Ma tenue n'a rien à voir avec vous ni avec personne. Elle est juste pratique et confortable pour travailler.

— Pas de shorts quand il fait chaud ?

— La plupart du temps je travaille dans des endroits pleins de poussière.

Et si elle retournait la situation ? Et si elle le mettait à son tour sur le gril pour qu'il ait envie de s'échapper au plus vite du bunker ?

— Et vous, il vous arrive de porter autre chose qu'un maillot de bain noir ?

Il éclata de rire.

— Oui. Au travail je porte un costume.

— C'est très délicat de votre part de dissimuler vos muscles afin que vos pauvres collègues ne soient pas trop distraits.

— Oh ! Merle, arrêtez, vous allez me faire rougir.

— C'est possible ?

— Sans doute pas, reconnut-il, l'air de plus en plus réjoui.

Que lui prenait-il de lui parler comme ça ? se morigéna-t-elle ? Et elle mourait de faim, ce qui n'arrangeait rien. Elle n'avait pas déjeuné de peur de tomber sur lui, et ensuite elle n'avait pas vu passer l'après-midi… Pour se donner une contenance et concentrer son attention sur autre chose, elle ouvrit le premier des nombreux placards de la cuisine américaine. À sa grande surprise – et son grand soulagement – il était plein de nourriture.

— Waouh, ces réserves sont fantastiques.

— Fantastiques ? répéta-t-il avec un effarement manifeste. Il n'y a que des boîtes de conserve et des bouteilles.

— Ça pourrait être pire.

Elle lui lança un regard en coin.

— Il pourrait y avoir des nouilles instantanées.

— C'est vrai. Ce serait horrible.

— Vous n'avez jamais dû les faire cuire correctement.

Elle prit une boîte de cacahuètes et l'ouvrit. Plus vite elle ferait augmenter sa glycémie, plus vite elle parviendrait à se ressaisir, non ? En plus, si elle avait la bouche pleine elle arrêterait de parler à tort et à travers.

— Vous avez faim ? Ce n'est pas surprenant, vu la manière dont vous vous nourrissez.

Elle lui jeta un nouveau regard meurtrier.

— Les nouilles instantanées c'est pour les étudiants affamés, poursuivit-il. Il n'est pas question d'en faire ici. Je l'interdis.

— Vous *l'interdisez* ?

Il haussa les épaules.

— De toute façon, c'est inutile. Vous n'avez pas vu la livraison qui a été effectuée tout à l'heure ? Mais peut-être ne vous intéressez-vous qu'au contenu de la cave ?

Elle sentit ses joues s'enflammer.

— M. Leo Castle a dit…

— Je sais ce qu'a dit Leo, coupa Ash en roulant les yeux. Je sais aussi que si vous aviez su combien coûtait la bouteille, vous ne l'auriez jamais ouverte.

Il inclina la tête avec un sourire charmeur.

— Dînez avec moi, ce soir.

Elle faillit avaler de travers la dernière cacahuète.

— Dîner ?

— Oui, dîner. Je suis contre le travail en soirée, surtout le week-end. Et puis il est idiot de nous éviter au point de gaspiller des ressources en cuisinant deux repas séparés.

— Vous ne semblez pas du genre à avoir besoin d'économiser les ressources.

— Je pense au bien de la planète, Merle. Il est toujours

préférable de partager les ressources. Acceptez de dîner avec moi et ça m'aidera à me rappeler le code d'ouverture de la trappe.

Donc, il connaissait le code… Elle serra les dents.

— Il y a à manger pour un siècle, ici. Je n'ai pas besoin de votre dîner.

Les yeux d'Ash pétillèrent de malice.

— Vous choisiriez de rester coincée avec moi indéfiniment ? N'est-ce pas une perspective cauchemardesque ?

Elle réprima un soupir. Malheureusement, non. C'était au contraire une perspective très alléchante… Depuis quand avait-elle perdu la raison ?

— En plus il n'y a pas d'aliments frais ici, ajouta-t-il. Or je n'aime pas les conserves.

— Avez-vous vraiment l'intention de me garder prisonnière ici jusqu'à ce que j'accepte de dîner avec vous ? N'est-ce pas un peu violent ? Je ne vous aurais pas cru capable d'avoir recours à ce genre de méthode.

— Violent ?

Les yeux d'Ash pétillèrent de malice.

— Réclamer un dîner, c'est inoffensif. Ça pourrait être bien pire. Je pourrais exiger un baiser en échange du code.

Elle se raidit.

— Vous n'oseriez pas.

— Ce n'est pas moi qui ai peur de faire preuve d'audace, ma belle.

Elle s'exhorta au calme. C'était l'homme le plus exaspérant de la planète. Il n'attendait qu'une chose. Qu'elle réponde à ses provocations. Et pourquoi pas ? Mais pas comme il le souhaitait. Ne pourrait-elle pas lui donner une leçon ? Certes, elle avait peu de chances de réussir. Mais l'idée de le remettre à sa place avait quelque chose d'irrésistible.

— Merle ?

Il s'appuya contre le comptoir.

— À quoi pensez-vous ?

— Je suis en train de penser que… qui ne risque rien n'a rien.

— Êtes-vous prête à prendre des risques ? C'est ça que je lis dans vos yeux ?

L'effronterie dont il faisait preuve serait-elle contagieuse ? En tout cas, elle se sentait de plus en plus hardie… De toute façon, elle allait faire marche arrière au dernier moment. Elle allait l'aguicher et gagner.

— Ce que vous voyez dans mes yeux, c'est de la contrariété. À cause de votre manie de vous pavaner avec rien d'autre que…

Elle indiqua son maillot de bain. Devant son air interloqué, elle éprouva une intense satisfaction. Quel plaisir de l'avoir surpris ! En plus elle s'était surprise elle aussi. Et c'était une sensation très agréable.

— Alors regardez ailleurs, rétorqua-t-il. Je ne vais pas changer ma façon de m'habiller pour vous. De même que je ne vous demande pas de changer de tenue pour moi.

Elle s'empressa d'ignorer le trouble qui l'envahissait. Elle ne s'habillait pas pour lui. Ni pour personne. Il détestait sa combinaison ? Et alors ?

— Votre tenue n'est pas appropriée, insista-t-elle.

— Je suis en vacances dans une maison en bord de mer, Merle. J'ai passé la plus grande partie de la journée dans la piscine.

Oui, ça ne lui avait pas échappé…

— La situation en elle-même est inappropriée. Vous êtes mon employeur.

— Absolument pas. C'est Leo qui vous a engagée. Je n'ai rien à voir avec ça.

Il eut un sourire charmeur.

— Approchez-vous, Merle. Allez, un peu de cran.

— Vous croyez vraiment que je vais répondre à une provocation aussi minable ?

Il haussa les épaules. Son sourire resta malicieux mais son regard prit une intensité nouvelle.

— Je l'espère, en tout cas. Même si ça me dépasse un peu.

Elle eut le souffle coupé par sa franchise.

— Je n'ai jamais vu un homme aussi impertinent.

— Vraiment ? Je parie que je suis également le plus honnête. Et je vais vous faire un aveu, Merle. J'ai autant envie de ce baiser que vous.

— Je n'ai *pas*…

Elle sentit ses joues s'enflammer et sa voix s'éteignit.

— Vraiment ?

Il eut un sourire triomphant.

— C'est juste de l'attirance. Rien de plus grave que des ondes qui circulent entre nous et qui déclenchent des étincelles. Je sais que vous n'éprouvez aucune sympathie pour moi.

Elle roula les yeux.

— Si vous croyez que je vais protester et affirmer le contraire, vous allez être déçu.

— Ça ne veut pas dire que je ne vous attire pas.

Elle faillit s'étrangler d'indignation. L'aplomb de cet homme était vraiment incroyable !

— Vous paradez à moitié nu comme si vous étiez un cadeau sexy destiné à la femme la plus proche…

— Je trouve que vous portez des jugements catégoriques sur la tenue vestimentaire des gens. C'est une expression de la personnalité, Merle, ajouta-t-il d'un ton faussement sentencieux.

— Oh ! je vous en prie, c'est vous qui vous êtes moqué de ma « panoplie de médecin légiste » !

— Je sais, et j'ai eu tort. Après réflexion je la trouve affriolante. Elle stimule l'imagination et incite à découvrir ce qu'il y a dessous. Même si je sais déjà quelles splendeurs elle cache…

Elle sentit une fois de plus tout son visage s'enflammer. Quelle idiote ! Elle aurait dû refuser sa proposition de visiter le bunker. Éviter cet homme n'était pas la meilleure solution à adopter, c'était la seule. Malheureusement, sa compagnie était agréable. Il était fin, drôle et taquin. La provoquer l'amusait, et la plupart du temps il ne parlait pas sérieusement. Cette lueur malicieuse dans son regard le prouvait. Pour être honnête, essayer de se montrer plus spirituelle que lui était très agréable. C'était un jeu auquel elle n'avait jamais joué. Et qu'elle avait envie de gagner. En fait, elle mourait d'envie de lui faire perdre son assurance, comme il lui avait fait perdre la sienne. Il la regardait sans masquer son intérêt mais il y avait également de la curiosité dans son regard. De fait elle était différente. Elle n'avait rien à voir avec les femmes qu'il fréquentait d'ordinaire et qui se glissaient dans son lit avec facilité. Mais elle n'était tout de même pas la seule femme à lui avoir résisté ?

Il tendit les bras et s'agrippa au bord du comptoir.

— Je vous promets que je ne lâcherai pas le comptoir. Comme ça, vous pouvez être sûre qu'il n'y aura pas de mains baladeuses. Juste un baiser que vous pourrez oublier tout de suite après.

Il plaisantait. C'était une évidence. Et pourtant… Il semblait sérieux. C'était tentant. Si tentant… Sans l'avoir décidé, elle se rapprocha de lui.

— Un baiser pour le code ? C'est ça le marché ? demanda-t-elle.

— Si c'est celui que vous voulez conclure.

— Et le dîner ?

— Il aura lieu de toute façon, et ce sera quelque chose de beaucoup plus somptueux que des nouilles instantanées et un morceau de pudding.

Les yeux brillants, il attendit sa réponse. Tout dans son attitude trahissait une assurance extrême. De toute évidence il était certain qu'il ne lui viendrait pas à l'idée de refuser le marché. Et il fallait reconnaître qu'elle n'en avait pas envie, en effet. Elle n'en avait aucune envie. Mais elle allait le faire malgré tout.

— Juste un peu plus près, Merle, murmura-t-il avec une arrogance sans bornes. Qu'est-ce que vous risquez ?

Oh ! il y avait beaucoup de risques qui lui venaient à l'esprit. Qu'il se moque d'elle. Qu'il l'humilie. Qu'il lui dise qu'en réalité il plaisantait. N'avait-elle pas déjà vécu ça ? Être menée en bateau par un homme séduisant, qui voulait juste l'humilier en public ? Prouvant que les avertissements de sa grand-mère étaient fondés. Il fallait éviter les hommes.

Certes, mais le regard d'Ash était si intense… Impossible de se détourner de lui. Elle se rapprocha encore. « Jamais. » Voilà ce qu'elle allait lui murmurer quand elle serait tout près de lui. Elle allait refuser son marché.

— Vous devriez partir en courant, déclara-t-il soudain avec une pointe d'amertume dans la voix. Vous devriez prendre vos jambes à votre cou, Merle. Tout de suite.

Peut-être, en effet. Mais loin de la décourager, cet accès d'honnêteté le rendait encore plus attirant. Il avait parlé sérieusement, elle le savait. Mais il n'avait aucune envie qu'elle suive son conseil, c'était évident. Et elle n'en avait aucune envie non plus. Il ne souriait plus. Son arrogance et sa désinvolture avaient disparu. Plus la moindre trace non plus de malice dans ses yeux, mais quelque chose qui ressemblait à de la colère. C'était comme s'il voulait la convaincre par la seule intensité de son regard.

— Pourquoi m'avez-vous défiée ? demanda-t-elle, en proie à une colère sourde. Pour m'inciter à m'enfuir ? Pour prouver ma lâcheté ? Pour pouvoir rejeter toute la responsabilité sur moi ?

— Merle…

Le murmure d'Ash était presque contrit. L'électricité qui vibrait entre eux changea de nature. À la colère de Merle se mêla une autre émotion intense. Elle se hissa sur la pointe des pieds et plongea son regard dans celui d'Ash. Elle allait lui dire ce qu'elle pensait exactement de lui… Mais son esprit se vida. Elle resta immobile et muette. Il inclina la tête, juste assez pour que leurs lèvres s'effleurent. Ce fut à peine plus qu'un contact furtif, mais elle fut électrisée. Prête à s'embraser. Elle s'écarta.

— Non, murmura-t-il d'une voix rauque. Reviens.

Ce n'était pas un ordre plein d'arrogance mais une prière. Alors qu'elle n'était même pas partie. Elle était encore à quelques centimètres de lui. Fascinée par l'éclat de son regard brûlant. Il se pencha davantage. Elle ne bougea pas. Tout en se disant qu'elle allait s'écarter. Au dernier moment.

— Reste là, insista-t-il sur le même ton implorant. Juste une minute.

Leurs lèvres se touchaient presque. Elle sentit la chaleur de son souffle sur sa peau. La caresse de son nez contre le sien. Légère, délicate. Incroyablement sensuelle. Elle leva à peine le menton et leurs lèvres se rencontrèrent. Sans lâcher le comptoir, il accentua peu à peu la pression de sa bouche. Fermant les yeux, elle se pencha encore et, sans le vouloir, elle effleura sa peau du bout des doigts. Assaillie par des sensations inouïes, elle s'alanguit contre lui. Son ventre se pressa contre le sien, ses mains se posèrent sur son torse et sa tête se renversa en arrière tandis qu'il approfondissait son baiser. Elle lui répondit avec ardeur. Il émit un grognement sourd et elle laissa échapper un gémissement. Ces deux sons simultanés la ramenèrent à la réalité. Effarée par l'abandon total et immédiat avec lequel elle avait répondu à son baiser, elle s'arracha à sa bouche. Cette fois il ne tenta pas de la retenir. Il se contenta de la regarder. Contre toute attente, son visage n'exprimait pas la satisfaction d'avoir obtenu ce qu'il voulait. Pas le moindre soupçon d'arrogance. Il avait pourtant atteint son objectif avec une facilité et une rapidité à toute épreuve. Curieusement, il semblait aussi hébété qu'elle. Mais c'était impossible, bien sûr. Elle recula. Pas question de lui montrer à quel point elle avait été affectée. Pendant des années elle s'était cachée en restant silencieuse. Pour une fois elle allait devoir parler pour dissimuler ce qu'elle ressentait. Elle allait devoir jouer la comédie.

— J'ai changé d'avis. Je n'ai pas besoin de votre code. Finalement, je considère le bunker comme un abri sûr. Ça ne me dérange pas de rester ici.

Un sourire éclaira le visage d'Ash, qui retrouva son arrogance.

— Ça vous a fait de l'effet à ce point ?

Il lâcha le comptoir.

— Après ce baiser, vous avez très peur d'avoir envie d'aller plus loin ?

Elle serra les dents. C'était tellement juste ! Elle mourait d'envie de le gifler…

Il fit un pas vers elle.

— Vous pensez vraiment que vous seriez plus en sécurité, coincée ici avec moi ? Dans cet espace minuscule ?

— Ce n'est pas si minuscule. Et je pense sincèrement que vous n'êtes pas l'animal que vous prétendez être.

— Non ?

Il laissa échapper un petit rire.

— Je suis heureux que vous en soyez aussi certaine.

Il s'avança vers elle, mais au dernier moment il fit un écart et la contourna. Comme elle avait prévu de le faire avec lui, sans y parvenir… Mais le pire c'était cette frustration qui la rongeait. Cette déception. Si seulement son corps pouvait retrouver son indifférence, cesser de vibrer comme une ligne à haute tension… Ash pianota sur un panneau discret encastré dans le mur du salon. Une seconde plus tard elle entendit comme un sifflement, puis un son métallique.

— La trappe est ouverte, Merle. Je vous suggère de retourner dans le monde réel.

5.

Le problème c'était que le « monde réel » n'était pas différent. Il avait beau être au niveau du sol, à l'air libre et à une distance prudente de Merle, il la désirait toujours comme il n'avait jamais désiré aucune femme avant elle. Réprimant un soupir, il effectua des rotations d'épaules. Impossible de se détendre. Il était survolté depuis l'instant où il l'avait vue dans la baignoire. Et à présent qu'il l'avait touchée, la tension devenait insupportable. Ce qui avait commencé comme le baiser le plus chaste de sa vie s'était terminé comme le plus inoubliable. Comment pouvait-il être en proie à un tel manque ? C'était la première fois que ça lui arrivait. Il avait été obligé de quitter le bunker à toute vitesse. Quand elle avait exprimé le souhait de rester enfermée sous terre ? Il avait dû bondir pour ne pas céder à la tentation de la prendre au mot. D'ordinaire, la plupart des baisers ne se terminaient pas de cette manière. Pas aussi brusquement. En général ça se terminait au lit. Pas avec Merle Jordan. Avec elle ça ne pouvait pas être ordinaire, bien sûr. Elle était si attirante… Jamais il n'avait été aussi délicat. Jamais il n'avait eu aussi peur d'effaroucher une femme. Mais très vite, son esprit avait été embrumé par les sensations inouïes qui l'avaient envahi quand leurs bouches s'étaient rencontrées, quand elle avait posé les mains sur son torse… Jamais il n'avait éprouvé un désir aussi impérieux. Irrépressible. Lui qui gardait toujours la tête froide avec les femmes, il était prêt à tout pour coucher avec Merle Jordan. C'était franchement inquiétant.

D'autant plus qu'à en juger par ce baiser, elle manquait d'expérience. Or il n'avait pas d'aventures avec des femmes qui ne connaissaient pas la chanson. Il se l'interdisait depuis qu'il avait brisé le cœur de l'une d'entre elles dix ans plus tôt. Ash n'aimait pas penser à Rose, mais son visage s'imposa brièvement à son esprit. Il inspira profondément. C'était à cause de son attitude avec Rose que sa mère avait laissé éclater sa colère contre lui, ici, cet après-midi où tout son univers avait été bouleversé. Mais pas question de ressasser le passé. Aujourd'hui, la situation était très différente. Si la timidité initiale de Merle lui avait rappelé Rose, elle s'était rapidement révélée très différente. Merle n'était pas une jeune fille gauche. Elle était adulte et parfaitement capable de gérer la situation. D'ailleurs, elle lui tenait tête avec plus d'aplomb que la plupart des gens de sa connaissance. Cependant, vu son inexpérience manifeste il ne voulait surtout pas la brusquer. Il fallait que ce soit elle qui vienne vers lui. Il *voulait* que ce soit elle qui prenne l'initiative. Mais elle avait de nouveau disparu dans le bureau.

Ash se rendit dans la cuisine. Pour se calmer, rien de tel qu'une activité de substitution. Il n'était pas un grand cuisinier, mais il avait de la ressource. À en juger par les petits puddings qu'elle gardait en réserve, elle était gourmande. Avec ce qu'il avait fait livrer ce matin par un traiteur, il allait concocter un dîner qui devrait combler ses papilles gustatives. Et lui donner envie de goûter à d'autres plaisirs.

Une heure et demie plus tard Ash se présenta à la porte du bureau, où Merle se cachait toujours.

— Coucou, ma belle. Le dîner est prêt.

Elle avait passé l'après-midi le nez dans les papiers du

père d'Ash, en faisant comme si rien d'exceptionnel ne s'était passé. Ash n'avait pas reparu à la piscine pour enchaîner les longueurs pendant des heures. À son grand regret. En fait, elle avait pris conscience qu'elle aurait aimé nager avec lui. Il l'emmena dehors jusqu'à une petite table dressée comme pour un repas de fête, sur la terrasse surplombant la piscine. La vue sur la baie était splendide. Mais beaucoup moins fascinante que lui, assis en face d'elle. Pour se donner une contenance, elle baissa les yeux sur son assiette et huma le parfum du curry très coloré qu'elle contenait.

— Ça a l'air délicieux. Merci.

Elle commença à manger, terriblement consciente du silence qui s'installait, mais incapable de trouver quelque chose à dire pour le rompre. Pourquoi ne parvenait-elle pas à se détendre ? Pourquoi était-elle incapable de réprimer ce trouble insensé ? Elle n'était jamais troublée par aucun homme. Alors pourquoi par celui-ci, un play-boy notoire qui ne prenait rien ni personne au sérieux ? C'était peut-être ça le problème. La réputation d'Ash aurait-elle déclenché une réaction primitive chez elle ? Avait-elle hérité d'un goût inné pour les mufles ? La voix stridente de sa grand-mère résonna dans son esprit. « Garde tes distances avec les hommes ! Ne commets pas la même erreur que ta mère ! » Sa grand-mère considérait sa mère comme une idiote qui avait « fauté » et déshonoré la famille en tombant enceinte très jeune et célibataire. Pour sa part elle ne partageait pas du tout ce point de vue. Elle savait que sa mère était courageuse, loyale et aimante. Tout le monde commettait des erreurs. Coucher avec un homme n'en était pas forcément une. Et franchement, être troublée c'était très agréable. Rassurant, même. Quoi de plus normal ? Après tout, une expérience avec Ash Castle pourrait lui apprendre beaucoup sans lui briser le cœur. Ne serait-ce pas l'idéal ? Non, il fallait à tout prix qu'elle arrête de penser à ça. Le mieux c'était d'engager la conversation sur un sujet inoffensif.

— Voulez-vous que je fasse quelque chose de particulier des journaux ?

— Les journaux ?

— Les journaux tenus par votre père. J'en ai trouvé quelques-uns dans les cartons aujourd'hui.

Ash pinça les lèvres et une lueur étrange s'alluma dans ses yeux.

— Ce genre de questions, posez-les à Leo. C'est lui qui vous paie.

— Mais…

— Je ne veux pas en entendre parler. En ce qui me concerne, vous pouvez tout brûler.

Déglutissant péniblement, elle s'efforça de se concentrer sur son assiette. Il poussa un profond soupir.

— Ne me regardez pas comme ça.

— Je ne vous regarde pas.

— C'est bien ce que je voulais dire.

Il émit un petit rire désabusé, puis il soupira de nouveau.

— Ça vous plaît vraiment de répertorier les détritus de vies dénuées de sens ?

Waouh, quelle amertume…

— Oui, répondit-elle d'une voix égale. Les archives personnelles, qui reflètent les pensées et les expériences des gens, sont précieuses.

— Dans quel sens ?

— Elles font le lien avec le passé. Elles éclairent les gens sur leur héritage.

Elle eut une hésitation.

— Parfois elles révèlent des choses que les gens ne sont pas encore prêts à affronter. Une fois triées et répertoriées, elles sont conservées pour consultation lorsque le moment est arrivé.

— Et s'il n'arrive jamais ?

— J'inscris une date sur chaque carton pour le jour où son contenu sera réévalué. Si à ce moment-là personne n'émet le souhait de le conserver, il est envoyé dans un établissement sécurisé pour y être détruit.

— Ça me paraît parfait. Inutile de vous casser la tête. Vous pouvez d'ores et déjà considérer tous ceux qui sont ici comme destinés à la destruction et procéder directement à leur envoi.

— Désolée, ce n'est pas le protocole.

— Il y a un protocole ?

— Bien sûr. Ces archives sont importantes.

— Absolument pas.

Elle soutint le regard d'Ash en silence. Il cilla.

— Vous trouvez que je proteste trop, c'est ça ?

— Je pense juste qu'il est indispensable de respecter un délai de réflexion avant toute décision irréversible.

— Oh ! je vois. Vous présumez que les journaux de mon père ont un intérêt.

— Je ne présume rien. Ce n'est pas mon rôle. Celui-ci se limite à assurer la conservation des héritages pendant la durée minimum légale.

— Eh bien moi, je sais que l'héritage de mon père ne m'intéresse pas et qu'il ne m'intéressera jamais. Ce que je sais de lui me suffit largement. La vie de mon père était une accumulation de secrets et de mensonges. Enfants illégitimes, comptes bancaires numérotés, affaires véreuses et j'en passe. Pendant des années, je ne me suis douté de rien. Et aujourd'hui, je n'ai ni envie ni besoin d'en savoir davantage.

Elle soutint son regard pénétrant. Pour l'instant c'était lui qui l'intéressait, pas son père.

— Tout le monde a des secrets.

— Ma famille elle-même était un mensonge et cette découverte a été un choc. Elle m'a poussé à couper les ponts avec mon père et à adopter une ligne de conduite diamétralement opposée à la sienne. Quand je fais quelque chose, je le fais en toute transparence. Pas de secrets. Pas de regrets. Pas de remords. Voilà pourquoi c'est mon demi-frère qui dirige l'entreprise de mon père et pas moi. Contrairement à moi, Leo est responsable. Il tenait à assurer sa pérennité et l'avenir des employés. Quelle ironie, n'est-ce pas ? C'est le fils que mon père a toujours refusé de reconnaître qui est déterminé à préserver tout ce qu'il a construit.

Ash baissa brièvement les yeux sur son assiette avant de poursuivre :

— À quoi bon s'accrocher aux choses quand il suffit de craquer une allumette pour qu'elles soient perdues irrémédiablement ?

— On peut aussi perdre des gens, murmura-t-elle.

— Si bien que les choses sont parfois plus rassurantes que les gens ? demanda-t-il avec perspicacité. C'est pour ça que vous vous entourez de choses ?

— Qu'est-ce qui vous fait penser que c'est le cas ?

— Vous passez vos journées à trier et à préserver des choses appartenant au passé. En retrait de la vie réelle.

Elle releva le menton.

— Et vous, vous êtes venu ici pour fuir la vie réelle, non ?

— Oh ! pour moi c'est juste momentané. Ce n'est pas une habitude.

— Eh bien, nous avons tous de mauvaises habitudes, rétorqua-t-elle avant de manger une bouchée de curry.

C'était vraiment délicieux. Mais pas aussi excitant que de discuter avec lui… Lorsqu'elle leva les yeux de son assiette, il lui adressa un sourire appréciateur qui fit courir des frissons le long de son épine dorsale.

Puis il se leva brusquement.

— J'ai oublié quelque chose d'essentiel.

Avant qu'elle ait le temps de lui demander quoi, il disparut dans la maison. Elle en profita pour expirer lentement. De toute évidence, ils tournaient autour d'un sujet beaucoup plus sérieux qu'ils n'étaient prêts à l'admettre l'un et l'autre. Il revint en brandissant une bouteille de champagne, qu'elle considéra avec circonspection.

— Est-elle aussi chère que l'autre ?

— Encore plus !

Il la déboucha en riant.

— Vous voulez bien m'aider à la boire ?

— J'imagine que vous êtes capable d'en venir à bout tout seul.

— Vous faites allusion à mon appétit vorace ?

Parcourue d'un long frisson, elle prit la flûte qu'il lui tendit et but une gorgée de champagne.

Ash se rassit et but une gorgée de champagne. Ce dîner se révélait le rendez-vous le plus intime et le plus excitant qu'il avait eu depuis des années. Ce qui était fou, parce que ce n'était pas vraiment un rendez-vous. S'ils dînaient ensemble, c'était juste parce qu'ils habitaient la même maison. Même si son corps ne partageait pas ce point de vue. Quant à son esprit ? Il avait besoin d'un peu de répit. La conversation venait d'effleurer des sujets dont il ne parlait jamais. Il était temps de lui faire prendre un tour plus léger.

— Allons-nous en parler ? demanda-t-il à brûle-pourpoint.

À sa grande joie, Merle devint écarlate.

— Du baiser, je veux dire.

Elle esquiva la question en buvant une gorgée de champagne.

— Ne vous inquiétez pas, mon ange, reprit-il d'une voix caressante. Vous n'êtes pas la première femme que je prive de sa voix.

— Vous êtes décidément l'homme le plus arrogant que j'aie jamais rencontré, répliqua-t-elle sans mâcher ses mots.

Et sans minauder…

— Vraiment ? Mais peut-être n'avez-vous pas rencontré beaucoup d'hommes.

— Détrompez-vous, j'ai rencontré plusieurs spécimens très arrogants au fil des ans. Vous êtes de loin le pire de tous.

Ash masqua sa surprise. Lui qui l'imaginait sans aucune expérience, cherchant en permanence refuge derrière des piles de cartons pour échapper au regard des hommes… Elle en avait rencontré plusieurs ? Quand ? Qui ?

— Pourtant vous n'avez pas besoin d'en faire des tonnes, poursuivit-elle avec la même franchise. Vous plaisez aux femmes. Bien sûr, c'est dû en grande partie à votre compte en banque. Mais on peut imaginer que votre physique joue aussi. Ainsi que votre assurance, dans une certaine mesure. Simplement, vous en faites trop.

Il resta interdit. Oui, il avait l'habitude de plaire aux femmes. Et d'ordinaire elles faisaient de gros efforts pour éveiller son intérêt. L'attitude de Merle, en revanche, ne ressemblait pas du tout à une tentative de séduction. C'était à la fois décevant… et stimulant.

— Et cette habitude de vous limiter à une seule nuit, comme vous l'avez précisé hier, reconnaissez qu'elle est due au besoin de vous protéger.

— Vous vous trompez. Ce sont elles que je protège. Je ne suis pas fait pour le mariage, Merle. Et je ne le serai jamais.

— Oh ! vraiment ?

Elle arbora une mine faussement dépitée.

— J'espère qu'un jour j'arriverai à me remettre de cette cruelle déception.

Il pouffa. Puis il but une gorgée de champagne. Elle semblait déterminée à ignorer les étincelles qui crépitaient entre eux. Dans l'espoir de les éteindre ? C'était absurde. Ne savait-elle pas qu'il n'y avait qu'une manière d'annihiler un désir aussi puissant ? Bon sang, il avait un mal fou à réprimer l'envie de la toucher ! Pour la première fois de sa vie son sang-froid menaçait de l'abandonner. C'était incroyable…

— Vous rougissez, dit-il d'une voix rauque.

— C'est le champagne.

— Non, ce n'est pas le champagne.

Elle releva le menton.

— Ce n'est pas vous non plus.

— Alors il ne reste qu'une seule explication.

— Laquelle ?

— Vous êtes irritée contre vous-même.

Elle pâlit mais elle ne cilla pas.

— Est-ce un sentiment qui vous est familier ?

Bien joué… Il fallait reconnaître qu'elle avait du répondant.

— Bien sûr. J'en ai souvent assez de moi-même. Mais je sais comment échapper à mes propres pensées.

— Via des rencontres coquines ?

— Coquines ?

Il pouffa de nouveau. Quel terme désuet…

— Pourquoi pas ? Il y a pire comme moyen, je pense. Et vous, qu'allez-vous faire pour échapper à vos pensées, Miss Guindée ?

— Parce que je ne tombe pas sous votre charme, je suis automatiquement guindée ?

Elle faisait diversion… Normal. Il connaissait bien la manœuvre, pour la bonne raison qu'il y avait eu souvent recours.

— Ne vous inquiétez pas, je ne le prends pas personnellement. Je pense que vous ne tomberiez sous le charme de personne.

— Parce que personne ne voudrait me charmer ?

Il arqua les sourcils. Non, ce n'était pas du tout ce qu'il avait suggéré. Mais à en juger par la vulnérabilité soudaine qui se lisait dans ses yeux, elle ne cherchait pas des compliments. Sans le vouloir, il avait visiblement touché un point sensible. La peur du rejet, sans doute commune à tous les êtres, semblait très ancrée en elle. Pourquoi ? À sa grande surprise, Ash éprouva soudain l'envie de la protéger. Que lui arrivait-il ? Ça ne lui ressemblait pas du tout.

— Nous connaissons tous les deux un homme qui a très envie que vous vous laissiez charmer, marmonna-t-il. Et il est impossible que je sois le seul.

— C'est ça votre méthode ? Séduire par des flatteries ?

— Toujours prête à porter des jugements, Merle. Pourquoi ?

Elle baissa les yeux sur son assiette vide. Quand elle les releva, il y lut de l'amertume.

— Je suis jalouse de vous.

Il resta bouche bée.

— Vous prenez la vie avec une désinvolture insolente, mais vous obtenez tout ce que vous voulez.

— Je vous ai déjà dit que je travaille dur pour obtenir tout ce que je possède.

— En affaires, bien sûr. Mais dans votre vie amoureuse ?

— Ma vie amoureuse ? répéta-t-il avec un petit rire dédaigneux. Je n'ai pas de vie *amoureuse*.

— Votre vie sexuelle, si vous préférez. Tout est si facile pour vous. Vous ne savez pas à quel point c'est difficile pour les gens normaux.

Elle fit une pause.

— Les gens timides.

De nouveau il fut submergé par l'envie de la protéger.

— Il suffit de demander, Merle. Ou de dire oui. Avez-vous déjà fait l'un ou l'autre ?

Elle s'empourpra et il ouvrit de grands yeux.

— Jamais ? À personne ?

— J'ai dit oui à un garçon une fois.

— « Une fois » ?

Guindé n'était pas le qualificatif qui lui convenait, admit-il. Mais son cœur se serra.

— Vous avez été blessée ?

— Mon amour-propre seulement.

— Et parce que ça vous est arrivé une fois, vous n'avez plus jamais dit oui depuis ?

— Je n'ai plus jamais eu l'occasion.

Il secoua la tête. Comment était-ce possible ?

— Peut-être est-ce parce que vous travaillez seule, enfermée dans des pièces isolées avec des cartons pleins de poussière. Comment espérez-vous rencontrer quelqu'un si vous ne fréquentez jamais les vivants ? Je parie que vous n'avez jamais téléchargé d'applications de rencontres.

— Quelle idée ! Que voudriez-vous que je fasse ? Que je mette un maillot de bain minuscule et que je pose avec une moue aguichante ?

Mais pourquoi répondait-elle à une question aussi stupide ? Irritée contre lui et contre elle-même, elle se leva et emporta les assiettes dans la cuisine. Comme si ça pouvait l'aider à se débarrasser de son trouble et à se sentir plus à l'aise... Il la rejoignit.

— Merle...

— J'ai quelque chose à vous montrer, coupa-t-elle.

Elle allait lui prouver que conserver certaines choses du passé valait la peine. Et par la même occasion ça lui permettrait de faire diversion... Elle retourna dans le bureau, prit les coffrets de jeux qu'elle avait trouvés et les rapporta dans la cuisine.

— Regardez ça. C'est une collection fantastique. Je pense qu'ils sont tous d'époque.

Elle les posa devant lui sur le comptoir. Échecs, jeux de l'oie, jeux de dés, puzzles. Il pâlit légèrement.

— Où les avez-vous trouvés ?

— Dans un placard du bureau.

— Vous êtes curieuse, n'est-ce pas ?

Les yeux fixés sur les coffrets, il était visiblement tendu et ne souriait plus du tout.

— Repérer les choses intéressantes cachées dans les coins fait partie de mon métier, répliqua-t-elle d'un ton léger. Quelqu'un s'est donné du mal pour réunir cette collection. Ça doit être difficile de trouver des coffrets de jeux aussi anciens. Surtout en aussi bon état. Ils doivent valoir une fortune. Celui-ci vaut des milliers de dollars à lui tout seul.

Elle posa délicatement le dernier coffret sur le comptoir.

— Ils n'ont pas été acquis pour leur valeur. Ils appartenaient à ma mère.

— À votre mère ?

Il toucha celui qui était le plus proche de lui.

— Je les croyais perdus depuis longtemps. Tout ce qui lui appartenait semble…

Elle resta silencieuse.

— Toutes ces affaires dans les cartons. Les objets d'art, les livres, les collections. Tout est à lui, n'est-ce pas ?

La souffrance qui perçait dans la voix d'Ash serra le cœur de Merle. Si elle avait su… Elle n'avait pas eu l'intention de le bouleverser.

— Je suis désolée…

— Non, au contraire. Je suis heureux que les jeux soient encore là.

Il esquissa un sourire.

— Elle aimait les défis.

— Elle avait le goût du risque, elle aussi ?

— Oh ! c'était une joueuse et elle aimait gagner.

— Alors c'est d'elle que vous tenez ça.

En voyant le sourire d'Ash s'élargir, Merle éprouva une joie démesurée.

— Elle a fait quelques paris stupides dans sa vie. Son mari était l'un d'entre eux. Elle était de santé fragile, si bien qu'elle ne suivait pas de très près mon éducation sportive quand j'étais enfant, mais elle avait une table de lit sur laquelle nous jouions. Jeux de société, puzzles, cartes…

Il souleva le couvercle d'un coffret et effleura un plateau en bois.

— Je n'ai pas vu ces coffrets depuis une éternité.

— Quel était votre jeu favori ? Celui auquel vous étiez le plus fort ?

La lueur malicieuse habituelle se ralluma dans les yeux d'Ash.

— Vous voulez jouer avec moi, Merle ?

— À un jeu de *société* ? Pourquoi pas ?

— Ce n'est pas trop risqué pour vous ?

— Je pense que vous avez votre propre code de conduite.

— Quel compliment, ironisa-t-il. Vous me prenez pour un horrible séducteur, mais je respecte les règles.

— *Vos* règles. Une seule nuit, c'est ça ?

Il redevint sérieux.

— Pas de tromperie. Pas d'enfants. Pas d'engagement. Du plaisir et c'est tout.

— Juste une nuit ? Vraiment ? Vous n'avez jamais envie d'autre chose avec quelqu'un ?

— Quoi d'autre ? Tout le reste, ce ne sont que des complications.

— Et alors ?

— Les gens sont cupides. Et égoïstes. Tout le monde l'est, fondamentalement. Surtout moi.

— Je pense que ce n'est qu'une excuse, objecta-t-elle d'un ton léger. Pour vous rendre la vie plus facile. Ça vous évite de faire des efforts.

Il pouffa.

— Vous voulez voir si vous arrivez à me battre, Merle ?

— Je n'ai pas peur d'essayer.

Elle releva le menton avant d'ajouter d'un air entendu :

— Un jeu de *société*.

— Choisissez lequel.

— Jeu de l'oie.

C'était le seul dont elle connaissait les règles…

— Un coup de dés et on gagne ou on perd.

— Vous vous en remettez uniquement au hasard ? Vous n'avez pas envie de vous donner plus de chances avec un jeu de stratégie ?

— Qui a dit qu'on ne peut pas avoir recours à la stratégie dans le jeu de l'oie ? rétorqua-t-elle en lançant les dés.

Pendant trois coups de suite elle fut obligée de retourner à la case départ, tandis qu'Ash avançait à pas de géant avec une chance insolente. Et sans se priver de la taquiner. La partie se termina sans surprise en quelques minutes, quand il arriva pile sur la dernière case.

— J'ai gagné, murmura-t-il en plongeant son regard dans le sien.

Envahie par une vive chaleur, elle baissa les yeux. Plus le temps passait, plus il la troublait… et plus elle était tentée de renoncer à la prudence. Ce qui était hors de question, bien sûr… La voix d'Ash rompit le silence qui se prolongeait.

— Je parie que je sais à quoi vous pensez.

— Oh non, pitié, épargnez-moi votre arrogance insupportable ! protesta-t-elle en ne plaisantant qu'à moitié.

— Comme moi, vous n'arrêtez pas de penser à ce baiser.

Elle s'efforça de rester impassible. Y pensait-il vraiment ? Ou bien était-ce une de ses nombreuses tactiques de séduction ? Mais qu'est-ce que ça changeait, au fond ? Parce que malheureusement, en ce qui la concernait il avait raison. Elle n'arrêtait pas d'y penser.

— Pourquoi ne pas recommencer ? suggéra-t-il.

— Il y a des tas de raisons. De toute façon, je pense que si vous en avez envie c'est juste parce que je refuse. Vous voulez la femme qui ne veut pas de vous, c'est tout.

— C'est vraiment ce que vous pensez ?

Il pouffa.

— J'ai rencontré beaucoup de femmes qui ne voulaient pas de moi et je n'ai jamais éprouvé le besoin de les faire changer d'avis. Vous dites non uniquement parce que l'idée de me dire oui vous est insupportable. Vous pensez que si je gagne vous perdez automatiquement. Mais je vous promets que si vous me dites oui vous ne serez pas perdante. Et de toute façon, vous n'êtes pas obligée de dire quoi que ce soit. Vous pouvez choisir de vous retirer dans votre chambre pour être tranquille. C'est à vous de choisir. Mais moi je sais ce que je veux.

— Et vous l'obtenez toujours ?

Il ne répondit pas.

— Je ne crois pas qu'il soit possible de toujours obtenir ce qu'on veut.

— Dans ce cas, pourquoi ne pas prendre ce qu'on veut quand c'est possible ? Quand c'est juste là à portée de main et qu'il suffit d'admettre qu'on le veut.

Il se rapprocha d'elle.

— Pourquoi ne pourriez-vous pas avoir ce que vous voulez ? Pourquoi ne pourriez-vous pas vous amuser un peu ?

— Une offre limitée à une seule fois ?

— Tous les jeux ont une fin, Merle.

Elle réprima une moue de dérision. Bien sûr. Et quel que soit l'angle sous lequel il tentait de présenter les choses, il y avait toujours un gagnant et un perdant. Pour lui elle n'était rien d'autre qu'un défi de plus. Une fois qu'il aurait obtenu ce qu'il voulait, son intérêt pour elle disparaîtrait. Il était versatile et facilement blasé. Jamais pleinement satisfait. Oui, mais elle, ne pourrait-elle pas être satisfaite ? N'était-ce pas l'occasion de faire enfin l'expérience du sexe ? Ce mystère qui semblait rendre fou toute la planète… Et si ce baiser était une indication de ce qui l'attendait ? Ne pourrait-elle pas être gagnante, en effet ? Elle avait beau se raisonner, les doutes de Merle persistaient.

— Est-ce parce que je suis la seule femme à des kilomètres à la ronde ? Parce que nous sommes coincés ici et que vous êtes en manque ? Parce que vous vous ennuyez ? Parce que…

— Parce que vous êtes splendide. Parce que vous m'avez fasciné dès le premier regard. Parce que je meurs d'envie que vous vous abandonniez avec moi à ces vibrations explosives qui circulent entre nous.

Était-ce donc explosif pour lui aussi ? Était-ce quelque chose qui sortait un peu de l'ordinaire ?

— Il n'y a rien de mal à avoir des aventures, ajouta-t-il. Quelqu'un vous aurait-il fait croire ça ?

Elle tressaillit. Comment avait-il deviné ? Elle avait encore du mal à faire abstraction des sermons interminables de sa grand-mère sur la nécessité de « bien se conduire », de ne pas être la honte de la famille.

— Si je comprends bien, si je vous dis non c'est qu'il y a forcément quelque chose qui cloche chez moi ? demanda-t-elle, sur la défensive.

— Vous ne m'avez pas encore dit non. Soyez honnête. Je vous ai dit quelles étaient les règles que je respectais. Vous savez que je ne triche jamais. Et que je ne mens jamais.

— Et moi si, d'après vous ?

— Vous vous mentez à vous-même, peut-être. N'est-ce pas ce que vous êtes en train de faire en ce moment ?

— Je reconnais qu'il y a des vibrations entre nous. Mais ce n'est pas pour ça que je vais dire oui. Je n'ai pas l'habitude de céder à toutes mes envies. Par exemple, j'aime beaucoup le pudding mais je n'en abuse pas parce que ce ne serait pas bon pour moi. Il faut savoir se modérer.

— Mais entre se modérer et ne rien s'autoriser, il y a

une marge. Pourquoi ne pas goûter avec modération ? Vous serez toujours libre de vous arrêter à tout moment.

Il indiqua le four avec son sourire malicieux habituel.

— À propos de pudding, il y en a au menu ce soir. Et ensuite, si ça vous dit, nous pourrions passer à un autre genre de dessert.

— Oh ! merci mais non… J'ai déjà trop mangé. Pas de dessert pour moi, ce soir.

6.

« Allons-nous en parler ? »

Toute sa vie Merle était restée dans l'ombre, silencieuse. Sa mère, sa grand-mère et sa mince expérience personnelle lui avaient appris qu'être invisible revenait à être en sécurité et que les hommes n'apportaient que des ennuis. Or Ash ne l'avait pas laissée se cacher. Il s'amusait à la taquiner, mais il la mettait avant tout au défi d'être honnête avec elle-même. Et il fallait reconnaître qu'elle était très tentée d'assumer son propre désir. Il partait à la fin de la semaine et leurs chemins ne se croiseraient plus jamais. Personne ne saurait jamais qu'ils s'étaient rencontrés. Personne n'y attacherait la moindre importance, et surtout pas lui. C'était un hédoniste qui vivait l'instant présent et saisissait toutes les occasions qui se présentaient. En affaires comme dans sa vie personnelle. Peut-être pouvait-elle apprendre beaucoup de choses de lui.

Elle arpentait sa suite, incapable de se détendre. Après le dîner elle avait pris la fuite, craignant de céder à une impulsion. Mais ne serait-elle pas stupide de ne pas saisir une telle chance ? Elle ne courait aucun risque, puisqu'elle savait exactement à quoi s'attendre de sa part.

Enfiévrée, elle fit couler un bain froid dans l'espoir de se calmer un peu. Mais elle ne parvenait pas à chasser Ash de son esprit. Lorsqu'elle sortit de l'eau glacée, aussi fébrile que lorsqu'elle y était entrée, elle entendit un grand *plouf* provenant de l'extérieur. Elle regarda par la baie vitrée et son cœur fit un bond dans sa poitrine. À presque minuit, Ash était de retour dans la piscine. Dans la lumière provenant de la maison, les gouttes d'eau brillaient sur sa peau comme des diamants. Il fendait l'eau avec des mouvements puissants, splendide et terriblement attirant. Mais malgré les frissons qui la parcouraient et les battements frénétiques de son cœur, elle se détourna de la baie vitrée. Trop habituée à refréner ses envies. À rester dans l'ombre et le silence.

La nuit ne lui apporta ni le sommeil ni l'apaisement. La tentation devenait de plus en plus forte. Elle travailla dans le bureau toute la matinée, l'esprit en ébullition, de plus en plus irritée contre elle-même au fil des minutes. Elle en avait assez de se comporter comme une lâche. Assez de suivre les règles qu'on lui avait inculquées. Assez de se refuser ce dont elle avait envie. Et elle en avait plus qu'assez de lui, qui passait son temps à exhiber son corps parfait dans cette fichue piscine.

Elle sortit du bureau et se dirigea vers le bassin. Impossible de résister plus longtemps. Elle allait s'accorder ce dont elle avait envie. *Celui* dont elle avait envie. Il leva les yeux. Les étincelles qui en jaillirent la débarrassèrent de ses dernières bribes de timidité. Il se hissa hors de l'eau, prit une serviette sur un transat et la noua autour de sa taille.

— Vous allez lancer les dés, Merle ?

Il savait déjà, bien sûr. Mais il attendait… Heureusement, elle se sentait enfin capable de sortir de l'ombre et du silence.

— J'ai décidé que je veux…

Les joues en feu, elle s'interrompit.

— Que vous voulez… ?

Elle expira lentement. Ce n'était pas si facile que ça.

— Ce que vous m'avez proposé. Vous. Ici. Maintenant.

Au lieu d'arborer son sourire malicieux habituel, Ash garda un sérieux inquiétant.

— Vous m'avez dit que vous ne cédiez pas à vos envies et vous vous êtes enfuie dès que j'ai parlé de dessert.

Oui. Elle avait pris ses jambes à son cou. Au comble de la confusion à cause de toutes les pensées qui tourbillonnaient dans son esprit.

— Vous m'avez fait remarquer que je ne m'autorisais rien. J'ai décidé de changer.

Ash resta silencieux et parfaitement immobile.

— Je veux finir ce que nous avons commencé dans le bunker, poursuivit-elle. Je veux… aller plus loin.

Il ne bougea pas. Il ne répondit pas. Il continua juste de la regarder, impassible. Les secondes s'égrenèrent avec une lenteur insupportable. Le doute la submergea. Elle venait de se jeter à sa tête et il ne réagissait pas du tout comme elle l'avait prévu…

— Merle…

La voix d'Ash était tendue, hésitante. Il regrettait sa proposition ? Elle déglutit péniblement, mortifiée. N'avait-elle pas vu des étincelles jaillir de ses yeux à l'instant ? Et hier soir n'avait-il pas passé tout le dîner à la tenter ? Elle sentit son sang se glacer dans ses veines. Avait-il juste voulu s'amuser avec elle ? Avait-il juste pris un malin plaisir à la séduire pour ensuite la repousser ? L'histoire était-elle en train de se répéter… mais en pire ? Pourquoi s'était-elle mis dans la tête qu'il était différent ? C'était le plus cruel de tous.

Quelle humiliation ! Elle n'avait plus qu'à s'en aller. Comment avait-elle pu être aussi naïve ? Elle n'aurait jamais dû lui faire confiance. Comment avait-elle pu s'imaginer une seule seconde qu'un homme comme lui pourrait la trouver… ? La gorge nouée, elle tourna les talons pour s'enfuir. Il l'arrêta dans son élan en refermant les bras sur elle.

— Merle.

Elle sentit dans son dos la chaleur de son torse et les battements de son cœur. Il la fit pivoter vers lui mais elle baissa la tête et ferma les yeux. Elle n'avait aucune envie de lire le rejet dans son regard. Elle allait écouter ses explications en silence, puis elle courrait se réfugier dans sa chambre.

Ash regardait Merle, furieux contre lui-même et rendu muet par la confusion qui régnait dans son esprit. Qu'elle vienne vers lui d'elle-même, c'était exactement ce dont il rêvait. Il devrait être en train de l'embrasser avec fougue. Mais dès qu'elle avait ouvert la bouche, il avait eu le sentiment que quelque chose clochait. Quoi ? Il n'en avait aucune idée. Il savait juste qu'un nœud s'était formé dans son estomac et l'avait paralysé. Jusqu'à ce qu'elle tente de prendre la fuite. Il avait réagi d'instinct. À présent il ne pouvait pas la lâcher, parce que la laisser s'enfuir serait pire que tout. Il mourait d'envie de l'embrasser, de la couvrir de caresses… Mais pas question. Elle était trop tendue.

— Ça ne vous ressemble pas de faire ça, Merle.

Était-ce son innocence qui le retenait ? Il réprima un juron alors que le fantôme d'une jeune fille timide qu'il avait humiliée surgissait dans son esprit.

— Je ne veux pas risquer de vous briser le cœur.

— Quelle arrogance ! Ne vous inquiétez pas, il n'y a aucun risque. Je ne vais pas vous demander en mariage. J'ai bien reçu le message.

— Vous…

— Je n'ai pas besoin de pétales de rose, ni de bougies, ni de rien d'aussi ridicule.

Ce cynisme forcé accrut le malaise d'Ash. Il lui prit le menton pour l'obliger à le regarder.

— Alors quoi ? Nous nous donnons rendez-vous dans votre lit à une heure précise ? 18 h 30, ça vous va ?

Elle devint écarlate et tenta de se dégager de ses bras.

— Laissez tomber…

— Non, dit-il d'un ton catégorique en la retenant.

Pas question de la lâcher. Dès qu'elle s'immobilisa, il desserra un peu son étreinte. Il fallait la traiter comme l'oiseau fragile qu'elle était. Une créature qui avait besoin de liberté pour se sentir en sécurité. Il ne résista pas à la tentation de lui caresser le dos d'un geste apaisant. Oui, il avait envie d'elle. Il y avait même longtemps qu'il n'avait pas eu envie d'une femme à ce point. Mais il ne pouvait pas se résoudre à la traiter avec désinvolture.

— Vous n'avez pas envie d'autre chose ? Quelque chose de plus… chaleureux ?

— Vous demandez ça parce que je suis vierge ? lança-t-elle d'un air de défi.

Il avait beau s'en douter – et même en être certain –, l'entendre le dire de cette manière le déstabilisa.

— Sans doute, reconnut-il.

Comment ne pas répondre avec honnêteté quand elle le regardait avec une telle intensité ?

— Si vous avez préservé votre virginité pendant tout ce temps, pourquoi y renoncer sur un coup de tête ?

— Qu'est-ce qui vous fait penser que c'est un coup de tête ? Qu'est-ce qui vous dit que je n'ai pas pris le temps de bien réfléchir ?

— Il y a à peine plus de vingt-quatre heures que nous nous connaissons.

— Je suis sûre que vous avez déjà couché avec des femmes que vous connaissiez depuis moins longtemps.

Il réprima un soupir. Impossible de le nier. Mais elle ne pouvait pas en dire autant. Malgré son impertinence elle était mesurée. Prudente.

— Avez-vous bien pesé le pour et le contre ? En établissant la liste des arguments pour et contre ?

— Justement, oui.

Il pouffa.

— Dites-moi.

Elle s'empourpra, mais elle répondit avec sa franchise habituelle.

— Dans la colonne « contre », il y a le fait que ça risque d'être un peu… inconfortable. Mais c'est compensé par votre expérience, dans la colonne « pour ».

— Je vois. D'autres choses dans la colonne « contre » ?

Elle se mordit la lèvre.

— Je crois que ça risque de me plaire énormément.

— C'est un argument contre ? s'exclama-t-il d'une voix étranglée.

— Eh bien, oui, parce que je risque de ne plus pouvoir m'en passer.

Il déglutit péniblement.

— Et du côté des pour ?

— C'est l'occasion de découvrir ce que la plupart des femmes connaissent déjà depuis longtemps à mon âge.

Ash était tenaillé par un désir de plus en plus intense, et pourtant il éprouvait encore des réticences étranges. Pourquoi craignait-il que ça se termine mal ? Il n'y avait aucune raison. Malgré ses efforts pour ignorer ses scrupules, sa conscience lui répétait que garder ses distances serait la conduite la plus honorable. Mais depuis quand se conduisait-il honorablement ? Il était le fils de Hugh Castle, après tout. Il n'était pas censé avoir une conscience.

— Mais il y a un problème, dit-elle en posant les mains sur son torse comme pour se maintenir en équilibre. Je ne veux pas me contenter d'une nuit. Je veux toutes les nuits de votre séjour ici.

Il arqua les sourcils. Pour la première fois de sa vie, la perspective de passer plus d'une nuit avec la même femme ne le rebutait pas. Elle était même réjouissante… Parce que c'était Merle. La timide et prudente Merle, qui tout à coup disait exactement ce qu'elle pensait... et ce qu'elle voulait. Il se sentit soudain si possessif qu'il en eut le souffle coupé. Et il fut de nouveau tétanisé. Incapable d'émettre un son.

Elle scruta son visage d'un air inquiet.

— Vous n'êtes pas obligé... Oubliez ça. Je suis désolée...

Il l'embrassa. C'était le seul moyen de la rassurer. Et il en mourait d'envie. Impossible de résister plus longtemps. À sa grande joie, elle s'alanguit aussitôt contre lui avec un gémissement étouffé. Tous ses doutes, toutes ses réticences s'évanouirent. Il allait lui donner ce qu'elle attendait. Tout ce qui comptait c'était de la satisfaire.

Le cœur battant, Merle avait encore des doutes. Il avait paru si surpris, si hésitant... Elle ne supporterait pas qu'il couche avec elle par pitié. Mais le baiser d'Ash s'approfondissait peu à peu et ses bras se resserraient autour d'elle. Et comme s'il devinait ses craintes, il pressa son bassin contre le sien. Le contact de son sexe durci l'électrisa et une bouffée d'euphorie l'assaillit. Il avait envie d'elle ! Plus aucun doute là-dessus.

— Je suis obligé de m'en aller dimanche. Alors je te donne une semaine, déclara-t-il, les yeux brillants. Mais il faut que tu me donnes du temps toi aussi.

L'esprit embrumé par les sensations qui l'assaillaient de toutes parts, elle plissa le front.

— Les journées, précisa-t-il en faisant courir ses doigts le long de son épine dorsale. Tu vas te mettre en congé jusqu'à la fin de la semaine et passer tout ton temps avec moi.

— Je ne peux pas. J'ai du travail.

— Tu as travaillé tout le week-end. Je parie que tu as déjà pris de l'avance.

— Mais...

— Leo risque d'être poursuivi pour infraction aux règles d'hygiène et de sécurité si tu ne prends pas les jours de congé auxquels tu as droit. Or il est très à cheval sur les règles.

L'éclat des yeux d'Ash s'intensifia et un sourire étira sa bouche sensuelle. Il se pencha pour effleurer sa pommette du bout des lèvres.

— Tu veux… ?

— Ta compagnie, jour et nuit. Toute la semaine.

Comment refuser ? C'était tellement tentant…

— C'est d'accord.

Ash s'empara de sa bouche dans un baiser brûlant qui l'enivra. Un baiser passionné qui se prolongea encore et encore, jusqu'à ce qu'il ouvre la fermeture Eclair de sa combinaison de travail.

— Merle… Tu es si belle…

Elle ferma les yeux, savourant ses paroles et ses caresses. Quand il captura de nouveau sa bouche, elle lui répondit avec fougue. Sa modération habituelle s'était évanouie et elle se sentait insatiable.

Il quitta sa bouche pour couvrir son cou de baisers.

— Tu me rends fou, mon cœur.

Il effleura ses seins à travers le coton de son soutien-gorge, lui arrachant un gémissement.

— Mais je ne veux pas perdre complètement la tête avant d'avoir fait ce dont je rêve depuis le premier instant.

Depuis le premier instant ?

— Quoi donc ?

— Te donner du plaisir.

S'emparant de nouveau de sa bouche, il la couvrit de caresses diaboliques. Lorsqu'il glissa la main entre ses cuisses, elle eut tout juste le temps de se réjouir d'avoir eu trop chaud le matin pour mettre autre chose que ses dessous sous sa combinaison. Lorsqu'il effleura son sexe à travers le coton de sa culotte, son esprit se vida. Tout n'était plus que sensation pure. Il glissa les doigts sous l'élastique, lui arrachant un gémissement étranglé. Ses caresses, d'abord légères comme des papillons, devinrent plus précises, en même temps qu'il approfondissait son baiser. Le rythme de sa langue s'accordait à celui de ses doigts, qui s'accélérait peu à peu. Du plus profond d'elle montait un plaisir inconnu qui la faisait vaciller sur ses jambes. Les yeux fermés, elle s'agrippa aux épaules d'Ash en gémissant. Il accentua encore ses caresses.

— Oui, Merle, oui…

Sa voix rauque la fit basculer dans la jouissance. Si soudaine et si intense qu'elle en était presque insupportable. Toujours agrippée à ses épaules, elle se laissa aller contre lui, haletante. Ses jambes tremblaient tellement qu'elles faillirent se dérober sous elle. Avec un petit rire ravi, il la souleva de terre comme si elle ne pesait pas plus lourd qu'une plume.

— Sérieusement ? parvint-elle à articuler alors qu'il la portait dans la maison et montait l'escalier.

Il fallait à tout prix qu'elle plaisante. Pour ne pas oublier que tout ça c'était juste pour passer de bons moments. Pendant quelques jours.

— Tu ne peux pas t'empêcher de faire étalage de ta force ?

— Oh ! ce n'est pas seulement de ma force que j'ai l'intention de faire étalage, mon chou.

Elle laissa échapper un petit rire, qui s'éteignit quand il l'allongea sur son lit. Elle ne prêta pas attention au décor ni à la vue sur la baie. Le seul spectacle qui l'intéressait était juste sous ses yeux, au pied du lit. Un homme superbe, dont le regard étincelant ravivait son désir. Il la contempla un instant en silence, puis il pressa un bouton pour fermer les stores. Ensuite il disparut dans la salle de bains et revint avec une bougie. Elle se redressa sur les coudes.

— Que fais-tu ?

— Je veux que tout soit parfait, répondit-il en allumant la bougie et en la posant sur la table de chevet.

Elle arqua les sourcils. Pour que tout soit parfait il n'avait pas besoin de bougies. Il suffisait qu'il la rejoigne sur le lit… Comme s'il lisait dans ses pensées, il lui jeta un regard amusé.

— Tu crois que tu ne mérites pas qu'on fasse des efforts pour toi ? demanda-t-il en enlevant ses chaussures. Tu te trompes lourdement.

Que répondre ? Elle renonça très vite à chercher, parce qu'il se pencha sur elle et finit d'ouvrir la fermeture Eclair de sa combinaison avec une lenteur qui la mit au supplice.

— Ne te contente jamais de moins que ce que tu mérites, murmura-t-il en la débarrassant de la combinaison. Tu dois avoir du plaisir à chaque fois que tu es avec un homme. C'est la règle de base. Le minimum que tu dois exiger d'un amant.

Elle resta silencieuse. S'imaginer dans l'avenir avec un autre homme, elle n'en avait aucune envie.

Il l'enveloppa d'un regard soudain très sérieux.

— Ton corps est fait pour être savouré, honoré.

Il laissa échapper un grognement étrange avant d'ajouter :

— Par moi. Je vais embrasser chaque parcelle de ton corps, Merle.

Il dégrafa son soutien-gorge et le laissa tomber par terre. Se penchant sur un sein, il lécha sa pointe frémissante du bout de la langue. Puis il se redressa et lui enleva sa culotte. C'était la première fois qu'elle était nue devant un homme et sa timidité naturelle reprit le dessus. Il s'allongea à côté d'elle et promena nonchalamment les doigts sur son ventre et ses seins. Il la couvrit ensuite de baisers, dissipant peu à peu son embarras. Ses baisers se firent de plus en plus gourmands, s'accompagnèrent de caresses, et bientôt elle perdit ses dernières inhibitions. Le corps en feu, elle ondulait les hanches en gémissant dans l'attente de baisers encore plus intimes. La langue d'Ash effleura enfin son sexe. Avec une lenteur et une habileté diaboliques, il la soumit à une torture implacable qui aboutit à un nouvel orgasme. Plus long. Plus intense. Qui lui arracha un cri aigu.

Ash s'empara de sa bouche dans un baiser indolent, le temps que les ondes qui la parcouraient s'estompent. Puis de nouvelles caresses ranimèrent le feu qui couvait toujours en elle. Il plongea son regard dans le sien et y lut sa prière muette. Il se leva et enleva son maillot de bain. *Enfin.* Éblouie, électrisée, elle fut parcourue de longs frissons. Leurs regards se croisèrent. Il sourit, puis il se rallongea à côté d'elle.

— Tu es sûre de toi ?

— Oui. S'il te plaît…

Il l'enveloppa d'un regard brûlant empreint de révérence. Puis il prit de nouveau tout son temps pour la couvrir de caresses et de baisers. Elle ne voulait surtout pas qu'il se refrène en raison de son inexpérience. Mais ce n'était sans doute pas le cas. Il était sûrement aussi attentionné avec toutes les femmes. Parce qu'il était comme ça. Le masque du play-boy irresponsable cachait une prévenance innée. Il était beaucoup moins superficiel qu'il ne le paraissait, avec des failles qu'il préférait visiblement dissimuler, mais qu'il lui avait laissé entrevoir. Elle eut un pincement au cœur. Oui, avec elle il s'était dévoilé. Et il l'avait émue. Peut-être un peu trop. Tout à coup, elle se sentit très vulnérable.

Il s'interrompit, visiblement conscient de sa tension soudaine.

— Ça va ? Si tu changes d'avis… il suffit de le dire.

— Non, surtout pas.

Il plongea son regard dans le sien. Elle hocha la tête. Il prit place entre ses cuisses et entra lentement en elle.

— Ça va ?

Elle hocha la tête.

C'était un peu douloureux, certes, mais il y avait aussi du plaisir. Et de la joie. Sentir Ash en elle était… exaltant. Il continua à s'enfoncer en elle petit à petit, avec des précautions infinies. À tel point que le doute finit par s'emparer d'elle. Pourquoi gardait-il le contrôle de lui-même à ce point ? N'avait-il pas vraiment envie d'elle ?

— Ça va, Ash ?

— Ne t'inquiète pas pour moi.

Un sourire éclaira son visage tendu.

— Tu es une femme exigeante, n'est-ce pas ?

— J'ai juste envie de toi.

Il pouffa, puis il donna un coup de reins plus puissant. Elle creusa les siens, et il commença à aller et venir en elle. De plus en plus fort, de plus en plus vite. En parlant d'une voix rauque, exprimant son désir, son plaisir d'être là. Avec elle. En elle. Grisée par ses paroles et sa passion débridée, elle fut emportée dans un tourbillon de sensations d'une violence inouïe. L'explosion qui la secoua lui arracha un long cri rauque et des larmes inondèrent son visage. Son cri se prolongeait encore quand Ash la rejoignit en gémissant son nom. Mais sans la lâcher. Il écarta ses cheveux de son visage et essuya les larmes qu'elle ne parvenait pas à contenir. Des larmes de plaisir et d'émerveillement. Mêlées d'une pointe de tristesse aussi, oui, parce que comment ne pas regretter d'avoir ignoré pendant si longtemps qu'un tel miracle existait ?

Ash l'embrassa et la caressa avec douceur pendant qu'elle reprenait peu à peu son souffle. Elle ne serait jamais plus la même. Non seulement parce qu'elle venait de découvrir le sexe et le plaisir, mais aussi parce que pour la première fois de sa vie quelqu'un l'avait traitée avec passion, tendresse et prévenance. Une expérience fabuleuse qu'elle n'oublierait jamais.

Et qu'il lui fit revivre quelques instants plus tard.

7.

— Tu ne fais jamais la grasse matinée ?

Ash pouffa et posa un café sur la table de chevet à côté de Merle. Il avait toujours eu un surplus d'énergie.

— *Jamais ?* insista-t-elle en étouffant un bâillement.

— Bois ça et habille-toi.

— M'habiller ?

Elle fit la moue.

— C'est vraiment nécessaire ?

Il la contempla avec un sourire amusé. La Merle bourreau de travail, timide et silencieuse s'était métamorphosée en femme sensuelle et déterminée qui lui avait demandé tout ce dont elle avait envie et l'avait rendu fou.

— Tu n'arriveras pas à me faire succomber à la tentation, dit-il fermement.

En réalité, elle n'était pas loin d'y parvenir, mais après la nuit qu'ils venaient de passer il voulait voir s'il était capable de résister – même quelques minutes. Il avait besoin d'air frais pour s'éclaircir les idées et de soleil pour retrouver son énergie. Et il voulait partager ça avec elle.

— J'ai des projets. Agréables, tu verras. Je te le promets.

Un quart d'heure plus tard, il sourit en la voyant de nouveau dans sa combinaison de travail. Leurs regards se croisèrent et elle s'empourpra. Puis elle fixa son attention sur le panier posé sur le comptoir. Il eut un pincement au cœur, et l'espace d'un instant il fut de nouveau assailli par les doutes. Avait-il eu raison de… ?

Trop tard.

Il avait passé une nuit torride avec elle, et pourtant il n'était pas rassasié. Heureusement, il avait toute la semaine devant lui. Les doutes d'Ash se dissipèrent. Il allait lui offrir une aventure qu'elle n'oublierait jamais.

Il l'entraîna jusqu'à l'abri situé au bord de la mer.

— Le bateau, ça te plaît ?

— Il faut ramer ?

Il ouvrit la porte de l'abri en riant.

— Non, il y a un moteur.

— Waouh.

Elle contempla le canot qui trônait à la place d'honneur dans l'abri et caressa le bois verni pendant qu'il ouvrait les portes arrière de l'abri.

— C'est fabuleux. On se croirait sur la Riviera.

Elle regarda les autres embarcations entreposées dans le grand abri.

— Vous avez tous les jouets possibles.

Il jeta un bref coup d'œil autour de lui avant de reporter son attention sur le canot, avec lequel il n'était pas sorti depuis une dizaine d'années.

— La plupart sont neufs, mais cette beauté était déjà là quand j'étais enfant. C'est ma mère qui l'avait acheté. Je pense que si mon père ne s'en est pas séparé c'est parce que c'est un bateau de grande valeur. Même quand elle était trop faible pour marcher, j'amenais ma mère jusqu'ici pour faire un tour sur l'eau.

— Ça devait être dur.

— Pas toujours.

Il s'efforça de relativiser.

— Il y a eu de bons moments ici.

Mais il y en avait eu des mauvais aussi. Et le dernier ternissait tous les souvenirs qu'il gardait de cette maison. Décevoir un être cher et le blesser irrémédiablement, c'était terrible. Il devrait vivre avec ce poids sur la conscience jusqu'à la fin de sa vie. Il ne pouvait rien y changer. Il ne pourrait plus jamais obtenir le pardon.

— Ash ?

Il leva les yeux à contrecœur. Comme sa voix, le regard de Merle était plein de compassion. Or il ne la méritait pas. Il mit le canot à l'eau.

— On vérifie s'il démarre ?

Le moteur toussa un peu, puis il vrombit.

— Du premier coup, commenta-t-elle en prenant le panier et en le rejoignant en bas de la rampe. Il est rapide ou c'est juste pour la frime ?

Elle lui lança un regard malicieux avant d'enfiler le gilet de sauvetage qu'il lui tendait. La lueur taquine qui dansait dans ses yeux noisette le ramena au présent. Il sourit.

— Il est rapide.

— Je n'en attendais pas moins.

Elle monta à bord et il fila à une bonne distance du bord avant de longer la côte. Après avoir dépassé deux baies, il mit le cap sur le rivage de la troisième. Merle était assise sur la banquette, les jambes croisées, le visage offert au soleil, les yeux fermés. Il prit soudain conscience qu'il ne regardait plus où il allait et il coupa le moteur juste à temps pour éviter le ponton de bois. Elle ouvrit les yeux, regarda le rivage puis il lui jeta un coup d'œil interrogateur.

— Tu dois avoir faim. Tu n'as pas pris de petit déjeuner.

— Il n'y a pas de quoi pique-niquer dans le panier ?

— Non.

— Mais il est sûrement trop tôt pour que ce soit ouvert ?

Pourquoi semblait-elle réticente, alors que ce restaurant gastronomique était réputé dans tout le pays ? se demanda-t-il.

— Nous prenons juste un paquet. Il y en a pour quelques minutes. Viens.

Il connaissait le propriétaire et il avait téléphoné pour passer une commande. La porte était ouverte. Il serra brièvement dans ses bras la jeune femme qui les attendait.

— Bonjour, Josie.

— Ça fait des siècles, Ash.

— C'est vrai. Merci pour la commande.

— Avec plaisir. Tu restes longtemps. Quels sont tes projets pour la maison ?

— Je ne sais pas encore.

Mensonge. Dès son retour à Sydney, il demanderait à son assistante de finaliser la vente. Plusieurs acheteurs cherchaient à le joindre depuis des mois, mais il avait esquivé leurs appels. À présent qu'il avait vu la transformation radicale qu'avait subie la maison, sa décision était prise. Il eut un pincement au cœur qu'il s'efforça d'ignorer et se tourna vers Merle pour la présenter à Josie. Elle n'était pas là. Plissant le front, il regarda autour de lui et perçut un mouvement derrière une fenêtre. Elle était dehors, cachée dans l'ombre. Il remercia de nouveau Josie et sortit précipitamment.

— Pourquoi n'es-tu pas entrée ? demanda-t-il en l'entraînant vers le bateau.

— Tu voulais que personne ne soit au courant de ta présence ici. Je me suis dit que tu ne voudrais pas non plus être vu avec quelqu'un.

Et si sa décision n'avait rien à voir avec lui ? se demanda-t-il. Se cachait-elle en permanence ? Ne faisait-elle que travailler ? Pourquoi donc ? Et pourquoi était-elle sans domicile ? Elle était intelligente et compétente. Que s'était-il passé dans sa vie pour qu'elle semble aussi seule ?

De retour à bord, il la vit se détendre. Il voulait qu'elle

prenne l'habitude de s'affirmer. Elle en avait besoin. Mais ce n'était pas le moment d'aborder le sujet. Un quart d'heure plus tard, ils entrèrent dans la petite baie que la marée descendante avait dégagée.

— Ash, cet endroit est magique.

— Cette baie fait partie de la propriété, mais elle n'est accessible que par la mer et seulement quand la marée descend.

— Alors tu as programmé cette sortie tout spécialement ?

Il hocha la tête.

— Et c'est ça ton idée du petit déjeuner ? s'exclama-t-elle en pouffant quand il ouvrit le carton isotherme que Josie lui avait donné. Du champagne et des huîtres ?

Il servit le champagne et commença à ouvrir les huîtres.

— Tu ne manges pas ?

— Je n'ai jamais mangé d'huîtres.

— Jamais ?

Elle secoua la tête.

— Alors c'est encore une grande première.

Soudain il eut des tas de grandes premières en tête pour elle.

— Tu sais qu'elles sont aphrodisiaques ?

— Ash ! Je ne pense pas avoir besoin de ça. Il me faudrait plutôt quelque chose qui m'aide à me calmer et à redevenir raisonnable.

— Mais c'est la Merle impulsive qui me plaît le plus.

— C'est difficile de les ouvrir ?

— Non. J'ai passé toutes mes vacances d'été ici pendant ma jeunesse.

Il lui tendit une huître.

— Toi d'abord, murmura-t-elle d'un air dubitatif.

Il s'exécuta et lui en tendit une autre. Elle expira lentement avant de la manger.

— Alors ?

— Je… ne suis pas sûre, répondit-elle en fronçant le nez.

Il pouffa, ravi de sa franchise.

— Goûtes-en une autre.

Il lui tendit aussi une tranche de pain qu'il venait de beurrer avec le beurre maison fourni avec les huîtres. Elle apprécia beaucoup cet accompagnement et il masqua son envie de l'embrasser. Pas question. Ils ne pourraient pas se limiter à un baiser. Or il éprouvait toujours le besoin étrange de se prouver qu'il était capable de résister à la tentation.

Merle finit sa tartine, se lécha les lèvres et se leva.

— Tu vas te baigner ? demanda-t-il.

— J'ai envie, oui.

— Pas avec ta combinaison, j'espère. Tu vas te noyer.

Elle enleva la combinaison et le T-shirt noir qu'elle portait en dessous, révélant un soutien-gorge et une culotte écarlates. *Écarlates*. Il arqua les sourcils, émoustillé. Elle n'avait pas pu faire du shopping au cours des dernières vingt-quatre heures. Par conséquent ces petites bandes de soie rouge n'avaient pas été achetées pour lui. Ni pour un autre homme. Elle s'était offert ces dessous pour elle-même. Il fut transpercé par une flèche de désir qui lui coupa le souffle. L'idée qu'elle aimait se faire des petits plaisirs, comme les puddings, le bain moussant ou ces dessous, était très réjouissante. Cette combinaison d'inexpérience et de sensualité le fascinait.

Le désir d'Ash croissait de minute en minute. Il se força à rester assis et à la regarder entrer dans l'eau en admirant ses courbes parfaites. Il ne tint pas plus de dix secondes. Pourquoi s'imposer des interdits ridicules ? Il n'avait qu'une semaine ! Et ça semblait soudain très court… Il se déshabilla et il plongea. Il referma les bras autour de sa taille, et à sa grande satisfaction elle noua les siens sur sa nuque. L'embrasser était un plaisir divin. Elle le rendait fou… Il la porta hors de l'eau et l'allongea sur le plaid qu'il avait sorti du panier.

— C'est un tapis fantastique, murmura-t-elle.

— Indispensable.

Il ne voulait pas qu'elle soit brûlée par le sable… Il roula sur le dos et l'installa sur lui. Après lui avoir enlevé son soutien-gorge, il la dévora des yeux. Elle était superbe. Et elle le rendait fou, songea-t-il encore quand elle commença à le couvrir de caresses et de baisers. Il ne s'était jamais senti aussi chanceux.

— Comme ça ? demanda-t-elle dans un souffle, comme il l'avait fait pour elle tout au long de la nuit.

Le ciel bleu était un arrière-plan parfait pour sa beauté. Le monde entier semblait resplendissant. Elle se coucha sur lui en ondulant les hanches avec un petit rire étranglé. Elle était si spontanée, si malicieuse… Rien à voir avec les maîtresses expertes dont il avait l'habitude. Elle lui tournait la tête… Il glissa la main dans sa culotte et la preuve de son désir pour lui acheva de lui faire perdre toute retenue.

— Je ne pensais pas que ça pouvait être encore mieux que cette nuit, murmura Merle en regardant Ash.

Il buvait à petites gorgées, les yeux fixés sur la mer. Comme elle, il avait du mal à reprendre son souffle. Il baissa les yeux, rencontra son regard et esquissa un sourire.

— Tu ressembles à une petite chatte rassasiée.

— Une chatte ? répéta-t-elle en feignant l'indignation. Je ne peux pas plutôt être une panthère ?

Il pouffa, puis il darda sur elle un regard plein de questions.

— Parle-moi de toi. Dis-moi tout.

Elle secoua la tête.

— Je suis très ennuyeuse, Ash.

— Non, tu es une énigme.

— C'est très flatteur, mais…

Elle remonta sur ses épaules le plaid qu'il avait rabattu sur eux.

— Tu vas être déçu.

— Tu n'as pas l'habitude de parler de toi ?

— Pas l'habitude que ça intéresse quelqu'un.

Elle rit pour indiquer qu'elle plaisantait. Sauf qu'il savait aussi bien qu'elle que ce n'était pas une plaisanterie. C'était une vérité pitoyable. Que lui avait-il pris de dire ça ?

— Confie-toi à moi. Juste un peu.

Elle plongea son regard dans le sien.

— Et après tu en feras autant ?

— Oui.

Elle réprima un soupir. Ça ne devrait pas être trop difficile. Après tout, ils étaient déjà très intimes… Et puis elle avait envie qu'il se confie lui aussi.

— Allez. Où as-tu grandi ? Quand as-tu eu ta première combinaison de travail ? Pourquoi as-tu choisi le métier d'archiviste ? Je veux tout savoir…

Elle remonta la couverture encore un peu plus haut. Elle n'avait aucune envie de lui parler de son passé. Aucune envie qu'il ait pitié d'elle. Même si elle soupçonnait à sa grande horreur que c'était déjà le cas…

— Absolument, répondit-il, les yeux pétillants de malice et de curiosité. Si tu commençais par la combinaison ?

— Tu l'as vraiment en horreur, n'est-ce pas ?

— Je t'ai déjà dit que j'ai changé d'avis à son sujet, répliqua-t-il en riant.

Et à chaque fois qu'il riait, elle succombait un peu plus à son charme.

— Comment et pourquoi est-elle devenue ta tenue favorite ?

— Quand je suis allée vivre chez mes grands-parents, j'en ai pris une dans son atelier et je l'ai trouvée très confortable. J'avais l'impression de pouvoir faire tout ce que je voulais avec.

— Quand et pourquoi es-tu allée vivre chez tes grands-parents ?

— Ma mère était choriste pour plusieurs orchestres. Elle passait le plus clair de son temps en tournée. Elle vivait au jour le jour et ce n'était pas toujours facile, mais elle aimait ça.

— Mais quelle place avais-tu dans ce style de vie ?

— Les dix premières années, je l'attendais dans la coulisse. Quand j'étais bébé, des membres de la tournée veillaient sur moi, et ensuite j'ai rapidement appris à rester tranquille et à ne pas gêner. La plupart du temps, les têtes d'affiche n'étaient même pas au courant de ma présence. Ça me plaisait et c'est comme ça qu'elle m'a protégée.

— Protégée ?

— Elle travaillait la nuit, dans des endroits pas toujours sûrs. C'était préférable pour moi de rester invisible.

Devant la moue dubitative d'Ash, elle protesta aussitôt.

— Ne fais pas cette tête. Maman s'occupait très bien de moi. Elle n'était pas censée m'amener aux spectacles, mais elle ne voulait pas me laisser avec des étrangers. Je m'installais sur un tabouret en coulisse et je lisais. Elle me voyait de la scène. Nous étions bien.

— Alors que s'est-il passé ?

— Quand j'ai eu douze ans, elle m'a envoyée chez mes grands-parents. Elle disait qu'il fallait que j'aille à l'école. Que j'étais trop intelligente pour être pénalisée par son style de vie. Elle voulait que je réussisse.

— Connaissais-tu tes grands-parents avant d'aller vivre chez eux ?

— Ma mère était jeune quand elle m'a eue.

Elle sentit ses joues s'enflammer.

— Très jeune. Ils ne voulaient pas qu'elle me garde.

Elle a fini par partir avant ma naissance. Ils n'approuvaient pas ses choix, mais elle travaillait dur et elle faisait tout pour pouvoir m'offrir la meilleure vie possible.

— Et toi, approuvaient-ils tes choix ?

— Eh bien… Ma grand-mère était déterminée à m'empêcher de faire les mêmes choix que ma mère.

— Comment se traduisait cette détermination ?

Le sourire de Merle s'estompa. Ash était trop perspicace.

— Elle criait. Beaucoup. Il valait mieux rester tranquille. Heureusement, j'étais douée pour ça.

Rester silencieuse et aussi invisible que possible. Pourtant elle détestait ça, elle mourait d'envie de défendre sa mère. La seule fois où elle avait osé dire ce qu'elle avait sur le cœur, elle avait subi des représailles terribles. Démesurées par rapport à son « crime ». Mais inutile de s'attarder sur les pires souvenirs.

— Elle me faisait la morale pendant des heures. Et elle contrôlait mon emploi du temps à la minute près. Si bien que je m'efforçais de ne pas me faire remarquer.

Sa grand-mère ignorait à quel point elle souffrait à l'école. Elle ne risquait pas de se laisser entraîner par une « bande de voyous » pour la bonne raison qu'aucune bande ne s'intéressait à elle.

— Et ton grand-père ?

— Il était brocanteur. Le moyen le plus sûr d'éviter ma grand-mère c'était d'être avec lui. Je l'accompagnais sur les marchés.

— Mais il n'intervenait pas pour empêcher ta grand-mère d'être trop sévère ?

— Si, en m'emmenant.

— Si bien que tu as été obligée de te taire et de te cacher pendant toute ton enfance, commenta-t-il d'un ton réprobateur.

C'était vrai, mais l'entendre le lui dire était très blessant.

— Tu es très doué pour porter des jugements.

— Peut-être. Mais toi, tu es très douée pour leur trouver des excuses à tous les trois.

— C'était la seule famille que j'avais.

— « C'était » ? Que s'est-il passé ?

Elle déglutit péniblement. Bien sûr, elle savait qu'il allait poser cette question.

— Pendant une tournée de maman en Australie, il y a eu un incendie dans la pension où elle logeait. Les alarmes incendie ne fonctionnaient pas et la liste des occupants n'était pas à jour. Elle est morte d'inhalation de fumées avant qu'ils se rendent compte qu'elle était toujours dans le bâtiment.

Ash la regardait, elle le savait, mais soutenir son regard était au-dessus de ses forces. Elle ne parlait jamais de ça. La plupart du temps elle essayait même de l'oublier.

— Je suis désolé, Merle.

Elle hocha la tête.

— Tu aurais pu y être toi aussi.

— Je sais.

Elle avait logé plusieurs fois dans cette pension avant d'aller vivre chez ses grands-parents.

— J'avais le sommeil léger quand j'étais enfant. Si j'avais été là, j'aurais peut-être entendu quelque chose. Peut-être que je me serais réveillée et que j'aurais pu la sauver.

Parfois elle rêvait qu'elle l'avait fait. Et le réveil était très douloureux… Il y eut un silence, mais plus complice que tendu.

— J'ai été dévasté à la mort de ma mère, finit par dire Ash d'une voix rauque en regardant la mer. Je m'y attendais, mais ça m'a anéanti quand même.

Cette confidence fendit le cœur de Merle.

— Elle était cardiaque. J'ai toujours rêvé de pouvoir

faire quelque chose contre ça, tout en sachant que c'était impossible.

Le regret perceptible dans la voix d'Ash noua la gorge de Merle. Il était donc humain. Il n'était pas en permanence d'une assurance et d'une désinvolture à toute épreuve. Elle s'en doutait.

— Quel âge avais-tu ?

— Dix-huit ans. C'était la fin de ma dernière année à l'école.

Il la regarda de nouveau, avec toujours cette lueur de curiosité dans les yeux.

— Comment ça s'est passé l'école pour toi, quand tu as fini par y aller ?

— C'était horrible. Je n'ai jamais été populaire comme toi.

Elle eut un petit rire désenchanté.

— Et n'essaie pas de me dire que tu ne l'étais pas. Les gens ont du mal à accepter que quelqu'un soit un peu différent et je l'étais beaucoup. Je n'étais jamais allée à l'école et je n'avais jamais eu de relations avec des enfants de mon âge…

— Comment as-tu survécu ?

— Comme d'habitude. En restant silencieuse. Et invisible. Parfois il est préférable de ne pas se faire remarquer.

— Merle…

— La plupart du temps, je réussissais, coupa-t-elle avant qu'il la contredise.

— La plupart du temps ?

De toute évidence, il avait perçu le regret dans sa voix. Mais pas question d'en parler. Trop embarrassant. Il y eut un long silence qu'elle refusa de rompre.

— Où sont tes grands-parents, aujourd'hui ?

— Trois ans après mon arrivée chez eux, ma grand-mère a eu une attaque. Elle est devenue encore plus difficile à vivre. Deux années très pénibles ont passé avant qu'elle succombe à une deuxième attaque, laissant mon grand-père seul avec moi. Il était à bout de forces après s'être occupé d'elle et il m'a fallu un certain temps pour prendre conscience que ses facultés déclinaient. À la fin, je ne parvenais plus à m'occuper de lui toute seule et à travailler en même temps pour subvenir à nos besoins. Il est entré dans un établissement spécialisé. J'ai vendu la maison et tout le reste pour qu'il bénéficie des meilleurs soins. Il s'est éteint il y a huit mois.

— C'est pour ça que tu n'as pas d'endroit où habiter ?

Elle hocha la tête.

— Si j'ai eu ce contrat, c'est uniquement parce que ma responsable à la société d'archivage est enceinte et qu'il fallait quelqu'un qui puisse vivre sur place. J'ai passé un entretien en ligne avec Leo. J'ai eu de la chance et il faut absolument que je fasse du bon travail ici.

Elle éprouva soudain un vif sentiment de culpabilité. Comment avait-elle pu accepter de prendre une semaine de vacances ? Pire encore, pour la passer de cette manière avec Ash ? Avoir une aventure avec le demi-frère de son client était sûrement une faute grave. Jamais elle n'avait fait preuve d'un tel manque de professionnalisme.

— Ne panique pas, dit Ash en lisant dans ses pensées. Je pars à la fin de la semaine, tu te souviens ? Il n'y aura aucune répercussion. Tu tiendras le délai. Ce qui s'est passé entre nous n'aura aucune conséquence sur l'avenir.

Vraiment ? Ça semblait impossible. Elle n'était plus la même personne qu'hier, non ? Ou peut-être que cette petite libertine était en elle depuis toujours, attendant qu'elle la libère… En tout cas, il ne serait plus possible de l'emprisonner de nouveau.

— C'est pour ça que je ne vais pas « tout brûler » comme tu me répètes de le faire, dit-elle d'une voix douce. Tu ne veux vraiment rien garder ? Tu as des bons souvenirs ici.

— J'en ai aussi des mauvais.

Elle eut une hésitation, puis elle se décida. Impossible de ne pas poser la question.

— Ta mère est morte ici ?

— Oui, mais je n'étais pas là.

Il n'avait pas envie d'en parler. Elle le sentait. N'avait-elle pas eu la même réticence ? Creuser trop profond dans ses souvenirs était douloureux. Cette semaine avec lui n'était qu'un interlude. Une expérience à vivre avec légèreté.

Elle rejeta le plaid et se leva.

— Je crois que c'est le moment de retourner se baigner.

8.

Assis sur la terrasse surplombant la piscine, Ash lisait au soleil en attendant que Merle se réveille. Il avait nagé puis il avait préparé le petit déjeuner. La laisser dormir était difficile. Très égoïstement, il avait envie d'aller la réveiller. Mais elle avait besoin de se reposer. Ils avaient encore veillé une bonne partie de la nuit.

Il n'arrivait pas à se concentrer sur son livre. Les souvenirs le poursuivaient et l'impatience le faisait bouillir. Il y avait des années qu'il n'avait pas pris de vacances. À chaque fois qu'il partait en week-end, il emportait un ordinateur portable pour travailler. Mais là, il y avait quatre jours qu'il n'avait pas consulté ses mails. Jamais cela ne lui était arrivé. Le temps avait filé délicieusement. Il pouvait passer des heures à embrasser Merle, et les longues journées ensoleillées se prolongeaient par de longues nuits torrides. Il était facile d'oublier pourquoi il était venu ici. Toute son attention était concentrée sur elle. Ils riaient, mangeaient, buvaient, se taquinaient à propos de tout et de rien, avec une simplicité et une légèreté grisantes.

Elle s'était épanouie sous ses yeux au fil des jours, exaltée par la découverte de sa propre sensualité et bien décidée à la vivre pleinement. Mais malgré ses confidences, il était plus curieux que jamais. Il avait dû lui apprendre à jouer aux jeux de société les plus courants. C'était pour ça qu'elle avait choisi le jeu de l'oie, la première fois. C'était le seul dont elle connaissait les règles. Il avait envie qu'elle fasse l'expérience de toutes les choses qu'elle avait ratées. Et qu'elle le fasse avec lui.

Une demi-heure plus tard elle le rejoignit, les sourcils arqués.

— Tu portes des lunettes.

— Oui.

— Il y a donc quelque chose de ton corps qui n'est pas parfait.

— Tu trouves que le reste de mon corps est parfait ?

— Comme si tu ne le savais pas…

— Je suis quand même touché que tu le dises.

— Mon opinion compte ?

— Beaucoup.

Elle roula les yeux et se pencha pour lire le titre de son livre.

— La bibliothèque est fantastique. Quelqu'un a consacré du temps et de l'énergie à réunir une telle collection.

— Mon père a acheté le temps et l'énergie de quelqu'un d'autre, ironisa-t-il. Il n'a pas choisi chaque livre avec soin. C'était un investissement. Comme les objets d'art et le vin. C'était pour l'argent, pas par goût.

Il tendit à Merle le bol de fruits frais qu'il avait coupés pour elle.

— Et toi ? Tu ne m'as pas dit ce que tu gardes précieusement dans des cartons.

Elle secoua la tête.

— La plupart des affaires de ma mère ont été brûlées dans l'incendie, et ses parents n'avaient gardé aucun de ses jouets ni rien d'autre, alors je n'ai rien.

Elle haussa les épaules.

— C'est sans doute pour ça que je suis devenue archiviste. Je sais ce que c'est de tout perdre. Je sais que certaines choses sont irremplaçables.

Il ne parvint pas à cacher son scepticisme et il vit une ombre passer sur son visage.

— J'ai vu mon grand-père perdre la mémoire. Peut-être est-ce pour ça qu'il est important pour moi d'aider les gens à conserver des traces du passé.

— Tu ne crois pas que parfois les gens s'accrochent aux choses pendant trop longtemps ? Ne deviennent-elles pas un fardeau à la longue ?

— On n'est pas obligé de tout garder, Ash. Il faut choisir. Garder ce qui compte et se débarrasser du reste.

— À t'entendre, c'est facile.

— Tu tiens à ces jeux maintenant que tu les as retrouvés. Tu n'as pas envie de t'en séparer.

Elle avait raison, bien sûr. C'était à cause de sa mère qu'il avait évité de venir pendant toutes ces années, mais c'était aussi à cause d'elle qu'il était revenu. Il avait eu besoin de revoir l'endroit une dernière fois. De faire ses adieux. Il commençait à comprendre le point de vue de Merle. Il devrait y avoir dans cette maison d'autres affaires de sa mère que ces jeux. Des papiers et des effets personnels. Les choses dont il aurait dû s'occuper depuis longtemps.

— Tu ne possèdes vraiment rien qui te soit précieux ?

— J'avais un exemplaire très beau de *Jane Eyre*. Je l'avais trouvé dans une brocante où j'étais allée avec mon grand-père. Ce n'était pas une première édition, mais elle était très ancienne et très belle, avec une dédicace magnifique.

Il plissa le front.

— Une dédicace de ton grand-père ?

— Non. C'est moi qui avais acheté le livre. La dédicace était destinée à quelque d'autre. Le possesseur précédent, je suppose.

Elle avait attaché de la valeur à un livre qui avait été offert à quelqu'un d'autre ?

— Je sais que ça paraît bizarre, ajouta-t-elle avec un petit rire contrit, visiblement consciente de sa surprise. Mais ce livre avait visiblement été précieux pour quelqu'un. Il était en parfait état et il avait été offert avec amour. J'ai pensé qu'il serait dommage qu'il soit jeté.

— Tu ne crois pas que s'il était en parfait état c'est peut-être parce que personne ne l'avait jamais lu ? Il avait peut-être été rangé sur une étagère et ignoré pendant des années ?

— Pourquoi faut-il que tu détruises mes rêves ?

Il regretta sa suggestion, mais ses doutes persistèrent. Il avait découvert depuis longtemps que les façades parfaites et les belles histoires dissimulaient souvent d'horribles mensonges. Mais Merle croyait encore à la générosité, à la sincérité et à la bienveillance. Elle croyait à l'amour, bien que n'en ayant pas reçu beaucoup. Et malgré tous ses efforts pour se protéger, elle était romantique. À cette pensée, il éprouva une pointe de remords.

— As-tu aimé le roman ? L'as-tu au moins lu ? demanda-t-il avec un sourire taquin.

— Bien sûr. Et je l'ai beaucoup aimé.

Elle releva le menton d'un air de défi.

— Jane avait une vie difficile, mais elle était forte et fidèle à elle-même.

— Alors tu l'as gardé ?

— Je l'emportais partout avec moi. J'avais seize ans et, oui d'accord, j'étais idéaliste. Je vivais seule avec grand-père et je me sentais un peu seule. Ce livre était devenu une sorte de talisman.

— « Était » ? Que s'est-il passé ?

— Parce que je me sentais seule, je me suis ridiculisée avec un garçon de ma classe. Il a commencé à manifester de l'intérêt pour moi, à se conduire comme si…

La voix de Merle s'éteignit et Ash sentit son cœur se serrer devant son sourire penaud.

— J'étais crédule, reprit-elle, confirmant ses craintes. J'étais une proie facile pour un garçon comme lui.

— Comme lui ?

— Beau, populaire… Il avait tout.

Elle plissa le front.

— Enfin, peut-être pas. Personne n'a vraiment tout, je suppose. Mon livre éveillait sa curiosité. Je ne m'étais pas rendu compte que tout le monde avait remarqué que je l'avais tout le temps avec moi. Il m'a demandé de le lui prêter. Apparemment je lui avais donné envie de le lire. J'étais flattée et je n'ai pas voulu refuser. Je me disais qu'il n'avait peut-être pas compris à quel point j'y tenais.

— Ne lui trouve pas d'excuses, Merle. Il avait compris.

Ash avait le cœur de plus en plus serré. Malheureusement, il était bien placé pour savoir ce que c'était d'être jeune et de manquer de considération.

— Oui. Ils avaient tous compris. Ils formaient une bande. Je le lui ai réclamé quelques jours plus tard et il s'est excusé en riant. Il m'a dit qu'il l'avait perdu. Qu'il l'avait mis dans son sac de sport et qu'il avait dû tomber sans qu'il s'en aperçoive.

— Tu ne l'as pas cru ?

Elle secoua la tête avec un regard triste.

— Je pense qu'ils voulaient juste savoir quel livre c'était et pourquoi il ne me quittait pas. Ils étaient peut-être juste cruels. C'est surtout l'hypocrisie qui m'a blessée.

Ash déglutit péniblement. Lui aussi il avait été hypocrite. Il avait trahi. Et il s'en était terriblement voulu.

— Je ne te mentirai jamais, Merle.

— Je sais. À toi quelqu'un t'a menti, n'est-ce pas ?

— Oui. Mais j'ai menti moi aussi. J'étais exactement comme ce petit minable. À cet âge j'étais odieux.

— Qu'as-tu fait ?

— J'ai trahi une fille.

— Tu avais une relation à cet âge ?

— On ne pouvait pas vraiment appeler ça comme ça... Mais elle attendait de moi beaucoup plus que ce que je pouvais donner, et j'étais lâche.

Merle pâlit.

— Et ça t'a servi de leçon ?

— Oh ! oui. Je n'ai jamais recommencé. Et je ne recommencerai jamais.

Elle hocha lentement la tête. Il la considéra avec stupéfaction. Elle le croyait sur parole ? Elle pardonnait trop facilement le mal qu'on lui faisait. Elle était trop généreuse. Mais la faute qu'il avait commise ne pouvait pas être pardonnée par la personne qui comptait le plus. Ce n'était pas Rose – sa « petite amie » – qui avait souffert le plus, même si son humiliation avait été cruelle. C'était sa mère qu'il avait détruite par sa négligence égoïste. Et il avait découvert alors qu'il était imparfait. Il n'avait pas la compassion de Merle. Il n'avait pas sa capacité à aimer. Il ne l'avait jamais eue et il ne l'aurait jamais. Parce qu'il était le fils de son père.

D'habitude il n'y pensait pas. Il vivait dans l'instant, en respectant les règles qu'il s'était imposées pour protéger les autres. Parce qu'il avait appris qui il était réellement et qu'il voulait éviter de blesser de nouveau quelqu'un. Merle ne souffrirait pas. Elle savait que cette aventure ne devait durer que quelques jours. Il avait été très clair. Cependant, il ne parvenait pas à résister à la curiosité qu'elle éveillait chez lui. Et il ne pouvait pas s'empêcher d'avoir envie de lui rendre la vie plus belle.

— C'est de ce garçon que tu parlais quand tu m'as dit que tu avais eu une seule expérience ? C'était au collège, Merle. Il y a bien dû y avoir quelque chose depuis.

— Personne ne s'est plus intéressé à moi.

— Peut-être parce que tu te caches et que tu évites

toutes les situations dans lesquelles il pourrait se passer quelque chose.

— Peut-être parce que j'ai été très occupée, rétorqua-t-elle, sur la défensive. Je m'occupais de mon grand-père, j'étudiais… et j'étais obligée de travailler en plus parce que nous avions besoin d'argent. Je n'avais pas le temps de m'amuser.

— À présent tu as le temps.

— Oui. Avec toi.

Et elle en profitait, il fallait le reconnaître. Cependant, être ici avec lui revenait à rester dans sa zone de confort. Toujours cachée. Ce n'était pas suffisant. Ni pour elle, ni pour lui.

— Sortons, proposa-t-il. Allons dîner et danser.

— Comme un rendez-vous ? s'exclama-t-elle d'un air stupéfait.

— Oui, pourquoi pas ?

— Tu as vraiment du mal à ne rien faire et à te détendre !

Il rit.

— Et toi, tu as vraiment du mal à te montrer et à t'amuser ! Accepte mon invitation, s'il te plaît. J'ai envie de partager ta première vraie sortie. Ce sera une autre de tes premières fois que nous vivrons ensemble.

Elle ouvrit de grands yeux. Puis elle déglutit péniblement.

— Danser, où ça ?

— Où tu veux.

Elle se tassa dans son siège.

— Je ne vois pas l'intérêt, pour être honnête.

— D'aller danser ?

— Je voyais les clients dans les clubs où maman chantait. Ils étaient juste… Je ne sais pas s'ils passaient vraiment un bon moment.

— Tu n'es jamais allée danser toi-même ?

— Je n'ai pas mis les pieds dans un club depuis mon enfance.

— Ta mère t'avait mise en garde ?

— Ma grand-mère, surtout. « Ne commets pas la même erreur que ta mère. Le sexe c'est immoral, les hommes sont dangereux. » Mais aujourd'hui je ne suis plus une gamine. Je sais que le sexe peut être joyeux et qu'il n'a pas besoin d'être trop compliqué ni trop chargé d'émotions, n'est-ce pas ?

Il réprima une moue de dérision. En fait, cette histoire ne lui donnait pas l'impression d'être si simple que ça. C'était même la plus complexe qu'il avait depuis des années. Mais curieusement, c'était aussi la plus sereine.

— Il faut vraiment que nous sortions.

— Nous n'avons vraiment pas besoin de ça.

L'inquiétude se peignit tout à coup sur le visage de Merle.

— Tu t'ennuies ?

— Bien sûr que non.

Elle ne parut pas rassurée.

— Je ne veux pas que tu fasses ça parce que…

— J'ai juste envie de sortir avec toi, coupa-t-il.

— Tu cherchais le calme et la solitude.

— Je parle d'une soirée, Merle. Nous allons prendre l'avion pour Auckland, dîner, danser et passer la nuit là-bas. Nous rentrerons tôt demain matin.

Elle resta silencieuse.

— As-tu déjà dîné dans un restaurant étoilé ? demanda-t-il avec un sourire enjôleur. Avec un orchestre ?

— Si c'est un endroit aussi fantastique, comment vas-tu réussir à réserver au dernier moment ?

Il se contenta d'un sourire entendu. Elle croisa les bras en arquant les sourcils.

— L'argent est roi, c'est ça ?

— En général, oui.

Elle releva le menton.

— Même toi, tu ne peux pas aller dîner au restaurant en maillot de bain.

— Je ferai livrer un costume à l'hôtel.

Elle ouvrit de grands yeux, puis l'inquiétude reprit le dessus.

— Et moi, tu veux que j'aille dîner dans un restaurant étoilé en combinaison de travail ?

— Tu peux t'habiller comme tu veux. Je te trouverai aussi sublime que d'habitude.

Elle poussa un profond soupir.

— Tu réussis avec une telle facilité que tu n'en as même pas conscience.

— Je réussis ?

— À me faire dire oui.

9.

Ash s'appuya à la table et pianota sur le plateau. Devait-il frapper à la porte et demander si tout allait bien ? Merle était enfermée dans la chambre de leur suite depuis plus d'une heure. Était-elle nerveuse ? Se cachait-elle de nouveau ? Il était anxieux. Or d'ordinaire il n'était *jamais* anxieux. Il se redressa. Impossible d'attendre plus longtemps. Au moment où il allait frapper, la porte s'ouvrit. Le souffle coupé, il resta cloué sur place.

— Qu'est-ce que c'est que cette tenue ?

Quel idiot ! Il n'avait pas eu l'intention de dire ça. Pas comme ça ! Il n'avait pas voulu la critiquer. Et encore moins l'embarrasser… À son grand soulagement, elle lui adressa un sourire radieux. Visiblement elle n'avait pas mal interprété sa question idiote. Elle avait compris qu'il était ébloui.

— Je me sens bien dedans, dit-elle simplement.

Il fut transpercé par une flèche de désir. Il n'avait jamais vu une combinaison pantalon aussi sexy. Rien à voir avec celle qu'elle portait pour travailler – même s'il avait fini par la trouver sexy elle aussi… En soie écarlate, sans manches, celle-ci moulait ses courbes somptueuses. Et son profond décolleté en V dévoilait la naissance de ses seins. Le tissu fluide glissa sur son corps quand elle s'avança vers lui sur des talons aiguilles écarlates assortis. Ses cheveux bruns flottaient librement dans son dos et son teint était plus éclatant que jamais. Quant à cette lueur joyeuse dans ses yeux… Bon sang, cette femme le rendait fou.

— Ça va ? demanda-t-elle.

— Je ne suis pas sûr, marmonna-t-il en s'écartant d'elle. Nous ferions mieux d'y aller.

Il remarqua à peine le décor du restaurant, il goûta à peine les plats, il eut à peine conscience du service et des autres tables. Il n'avait d'yeux que pour Merle. C'était tout juste s'il parvenait à répondre à ses plaisanteries. Son cerveau semblait sur pause.

— Tu veux danser avec moi ? demanda-t-il, incapable de rester assis une seconde de plus.

Pour la première fois de la soirée, le doute obscurcit le regard de Merle.

— Plutôt tourner doucement que tourbillonner, d'accord ?

Tout ce qu'elle voulait. Lui, tout ce qu'il voulait c'était poser les mains sur elle, s'assurer qu'elle était bien réelle… Il fut vaguement conscient que des têtes se tournaient vers eux tandis qu'ils se dirigeaient vers la piste. Pas étonnant. Elle était sublime. Mais s'il avait envie que le monde l'admire, il tenait encore plus à la garder pour lui… Même ici à Auckland, il était connu. Les médias s'intéressaient à lui depuis des années. Quand il avait tourné le dos à son père, il n'avait pas été gêné par les rumeurs stupides que les réseaux sociaux et autres médias spécialisés dans les ragots colportaient à son sujet. Au contraire. Plus les prétendues informations en question pouvaient être embarrassantes pour son père, plus elles le réjouissaient. Mais aujourd'hui, il n'avait aucune envie qu'à cause de lui Merle devienne la cible de commentaires hostiles. Si leur liaison était découverte, elle pourrait très bien être présentée comme scandaleuse. Le play-boy qui séduit une innocente et la séquestre dans sa maison de vacances…

Mais après tout, Merle était adulte. Elle avait voulu

cette histoire. C'était elle qui avait choisi de coucher avec lui. Cette aventure, ils l'avaient souhaitée tous les deux et ils étaient tous les deux déterminés à la vivre pleinement. Malgré tout, mieux valait la prévenir des problèmes qui pouvaient survenir.

— Les gens nous regardent, murmura-t-il. Ça ne te dérange pas ?

— Oh ! pas du tout. C'est *toi* qu'ils regardent.

Elle lui adressa un sourire malicieux.

— D'accord, ils me regardent aussi. Mais ça m'est égal.

— Si tu avais des paparazzis à tes trousses, tu trouverais ça agaçant, crois-moi.

Merle hocha la tête.

— Peut-être.

Pour l'instant, rien ne pouvait l'agacer. Elle était trop occupée à savourer le regard ébloui dont Ash l'enveloppait à tout instant. D'ailleurs, comment avait-il pu remarquer qu'on les regardait ? C'était incompréhensible. Mais ce n'était pas seulement son attention qui la comblait. C'était sa façon de l'encourager à être elle-même, à dire ce qu'elle pensait et ce qu'elle voulait. Avec lui elle se sentait vivante et pleine d'assurance. C'était stimulant. Enrichissant. Addictif.

— À quoi penses-tu ? demanda-t-il.

Elle lui sourit et il resserra ses bras autour d'elle.

— Tu es plus lumineuse que jamais.

Elle rit.

— C'est l'éclairage.

— Non. Dis-moi à quoi tu penses.

— Je me dis que je suis heureuse. J'apprécie la liberté de pouvoir faire ce que je veux. Comme je le veux. Quand, où et avec qui je le veux.

Avec lui. À qui elle devait cette assurance toute nouvelle

qui lui permettait de profiter de sa liberté. Par exemple, elle avait trouvé sa nouvelle combinaison sur Internet et elle l'avait fait livrer directement à l'hôtel – comme Ash Castle lui-même. La combinaison était arrivée à temps et n'avait même pas eu besoin de retouches. Elle était à la fois confortable et sexy. Elle ne regrettait pas du tout d'avoir dépensé une partie de son salaire pour l'acheter. D'autant plus que l'air ébloui d'Ash avait été à la hauteur de ses espérances.

— Merle ? Pourquoi ris-tu toute seule ?

— Parce que je me sens bien et que je me moque de ce que les gens peuvent penser.

Elle sourit, consciente d'être rayonnante.

— À part toi. Mais je sais que tu aimes ma tenue.

— Pas seulement ta tenue.

Elle fut parcourue d'un long frisson. Quelle soirée fantastique ! Tout était parfait. Ce n'était pas une expérience dont elle voulait se souvenir. C'était une expérience qu'elle voulait renouveler.

Ash se sentait à l'étroit dans ses vêtements. Son col en particulier était trop serré. Il avait du mal à respirer. Quant à aligner deux pensées cohérentes, c'était impossible. Il n'avait qu'une envie. Se retrouver seul avec Merle. Mais il ne voulait pas écourter cette soirée qu'il lui avait promise.

Elle posa la main sur sa joue et murmura :

— Si nous continuions cette danse dans notre suite ?

Sauvé.

Dans l'ascenseur, il crut devenir fou d'impatience. Arrivé devant la porte, il ne comprit pas par quel miracle il réussit à l'ouvrir ni ce qu'il fit ensuite de la carte magnétique. Il eut juste conscience qu'ils étaient dans leur suite. Seuls. Enfin ! Ce qu'il éprouvait ce n'était pas juste du désir, c'était quelque chose de plus fort, de plus profond… La tenue la plus sexy qu'il avait jamais vue devint une source de frustration intense. Nouveau miracle, il finit par réussir à dégrafer la combinaison, qui glissa sur le corps de Merle dans un bruissement de soie. Dévoilant un minuscule soutien-gorge et un string écarlates. Jamais il ne s'était senti aussi honoré de toute sa vie…

— Merci pour cette soirée, Ash. La plus belle de ma vie.

« La plus belle de ma vie » ? Il ressentit une vive douleur dans la poitrine. Comme si un instrument de torture médiéval venait de se refermer autour de son cœur. Il était incapable de soutenir le regard de Merle et incapable de regarder ailleurs. Elle le rendait fou… Il déchira l'enveloppe du préservatif avec ses dents et les yeux de Merle s'écarquillèrent, pétillants de malice et de désir. Un mélange détonant qui décupla son désir. À son grand soulagement, elle s'avança vers lui et déboucla sa ceinture. Ses caresses lui arrachèrent un grognement étranglé. Il captura sa bouche dans un baiser vorace, auquel elle répondit avec une ardeur qui le priva de ses dernières bribes de sang-froid. L'intensité de leur désir mutuel était enivrante. Mais il n'y avait pas que ça. Il y avait cette douleur dans sa poitrine…

Il la fit pivoter face au mur pour ne pas voir son visage. Trop bouleversant… Il glissa les doigts sous l'élastique de son string et le fit glisser sur ses hanches. Il dégrafa son soutien-gorge, caressa furtivement ses seins, puis referma les mains sur ses hanches. C'était sexuel. Purement sexuel. Une nuit comme les autres. *Rien* de plus. Elle s'appuya contre le mur et creusa les reins pour mieux l'accueillir. Emporté dans un tourbillon de passion, il s'efforça de résister, de ralentir le rythme. Les gémissements de Merle résonnaient en lui. Son cœur battait à tout rompre dans sa poitrine. Il ne voulait pas que ce soit juste… ça. Une nuit. Un bon moment. Du sexe pur. Parce que pour lui c'était bien autre chose. Il avait tenté de le nier, mais c'était devenu impossible. Se penchant sur elle, il ne résista pas à l'envie de l'embrasser dans la nuque. Elle gémit, puis elle se tendit contre lui en criant, secouée par une explosion qui se répercuta dans tout son corps et lui fit perdre toute retenue. Il joignit sa jouissance à la sienne quelques secondes plus tard.

Il avait le pantalon sur les chevilles comme un adolescent incapable de se contrôler. Les jambes de Merle tremblaient. Le front appuyé contre ses bras croisés, elle se tenait au mur.

— Je suis désolé, marmonna-t-il d'une voix hachée. Trop rapide…

Elle tourna la tête vers lui avec un rire sexy. Un rire comblé dans lequel perçait une fierté non dissimulée.

— Tu as aimé ? demanda-t-il, rassuré.

Elle pouffa.

— On aurait dit que tu…

— Que j'étais sur des charbons ardents ? Que je bouillais d'impatience ? Que je brûlais d'envie de me retrouver enfin seul ici avec toi ? Eh bien c'était exactement ça.

Devant la lueur de satisfaction polissonne qui s'alluma dans les yeux noisette, il sentit son désir se raviver. Elle se frotta contre lui, visiblement ravie d'avoir obtenu l'effet escompté. C'était une adorable petite libertine. Elle le rendait fou et il n'avait qu'une envie. Lui faire l'amour pendant des heures et des heures.

10.

Merle sirotait son orange pressée. Devait-elle réveiller Ash ? Non, décida-t-elle pour la troisième fois en une heure. Il avait besoin de se reposer. Et de son côté, elle avait besoin d'un peu plus de temps pour reprendre ses esprits. La nuit avait été… Il n'y avait pas de mots pour la qualifier. Cette passion débridée suivie par une tendresse inouïe… Difficile de ne pas paniquer à l'idée que la semaine était bientôt finie. Bientôt, il repartirait en Australie. Elle pouvait se réjouir d'avoir vécu une telle expérience, non ?

Sauf qu'elle avait envie de la prolonger.

— Merle ? Pourquoi tu ne m'as pas réveillé ?

Ash sortit de la chambre déjà habillé. Les cheveux ébouriffés, il n'était pas rasé… et plus sexy que jamais.

— Tu dormais trop profondément.

Leurs regards se rencontrèrent, mais il baissa les paupières.

— Il faut y aller. J'ai raté plusieurs messages du pilote.

— Oh…

— Ce n'est pas grave.

Elle hocha la tête. Il n'avait pas envie de rester. Son cœur se serra. Il ne restait *jamais*.

Ash traversa la piste en réprimant un bâillement. Il n'avait jamais été aussi épuisé. Peut-être la grippe ? Ça expliquerait son comportement de la nuit. Jamais il n'avait perdu le contrôle de lui-même à ce point… Il monta dans l'hélicoptère à la suite de Merle. Et il resta silencieux. Ce soleil faisait mal aux yeux…

Vendredi dernier il était arrivé à Waiheke de nuit et la maison était masquée par l'obscurité. Mais aujourd'hui, il était si déterminé à ne pas regarder Merle qu'il ne pouvait rien faire d'autre que de se concentrer sur la vue. Quand la propriété apparut, il fut submergé par la souffrance à la vue des transformations qu'elle avait subies. Quelques instants plus tard, l'hélicoptère redécolla dès qu'ils se furent éloignés de lui. Très vite, le silence revint. Il jeta un coup d'œil à Merle et rencontra son regard. Derrière elle se dressait la maison. Laquelle des deux le perturbait le plus ? Il ne saurait pas le dire.

— C'est la dernière fois que je reviens ici, marmonna-t-il.

Merle hocha la tête.

— Oui, la semaine est bientôt finie.

— Non, je ne parle pas de cette semaine. Je ne reviendrai plus jamais.

Elle s'immobilisa.

— Jamais ? Tu as l'intention de vendre ?

— Pourquoi est-ce que ça te surprend ?

Elle devait comprendre que cet endroit lui rappelait des mauvais souvenirs, non ?

— Tu aimes cet endroit.

— Non. En principe je ne devais pas revenir du tout. Mais je me suis rendu compte que je ne pouvais pas m'en débarrasser sans…

Il laissa échapper un grognement de dépit. Il ne l'avait jamais dit à haute voix. Il s'y était toujours refusé.

— Il fallait que je voie ce qu'il avait fait pour le saccager.

— Le saccager ?

Merle jeta un coup d'œil à la maison avant de se retourner vers lui.

— Ash, cet endroit est magnifique.

— Non. Il *l'était*.

Elle ne comprenait pas. Elle ne savait pas que sa dernière visite était marquée au fer rouge dans sa mémoire et y avait laissé une blessure qui ne cicatriserait jamais. Il regretterait toute sa vie la souffrance qu'il avait causée. Il ne pouvait pas y avoir de rédemption. Ses fautes étaient impardonnables.

— L'intérieur a été entièrement transformé et une nouvelle façade a été mise en place. L'ensemble paraît parfait mais il n'a rien d'authentique.

Il se raidit, luttant contre la tempête d'émotions qui menaçait de le faire craquer. Impossible d'entrer dans la maison, c'était au-dessus de ses forces. Il promena son regard sur le jardin.

— Ash ?

— À la place du court de tennis, il y avait un verger. Pommes, pêches, prunes… Je grimpais aux arbres pour cueillir des fruits que j'apportais à ma mère, qui me regardait depuis le balcon. Elle savait toujours où étaient les meilleurs mais elle me laissait les trouver tout seul.

— Ash…

— Il l'a détruit pour installer le bunker et le court de tennis. Le jardin était tout pour elle. Elle était trop faible pour le cultiver mais elle l'avait conçu. Elle s'entendait bien avec le jardinier et tous les ans ils tenaient un registre de la production. Aujourd'hui, je pense que plus rien ne peut pousser avec ce bloc de métal juste en dessous. Je n'étais pas revenu depuis presque dix ans.

Quand il avait découvert que les arbres avaient été remplacés par du gazon, et que la maison ancienne pleine de charme avait été transformée en villa ultramoderne sans âme, il avait été anéanti. Son père avait détruit un endroit magique par pure cupidité. Toute sa vie Hugh n'avait pensé qu'à faire des investissements rentables, sans attacher aucun prix à ce qui avait vraiment de la valeur. Comme ces arbres.

— Pourquoi n'es-tu pas venu pendant aussi longtemps ?

Il en avait tout simplement été incapable.

— Après la mort de ma mère, je me suis brouillé avec mon père. J'ai coupé les ponts avec lui et avec son entreprise. Et j'ai bâti la mienne. En revenant ici, j'ai découvert que mon pire cauchemar était devenu réalité. Il avait effacé toute trace de ma mère. Il avait détruit tout ce qu'elle avait créé pour s'offrir un gadget stupide qu'il jugeait indispensable.

— Tu venais souvent ici avant la mort de ta mère ?

— Quand sa santé a commencé à décliner, elle s'est installée ici de façon permanente.

Merle restait complètement immobile à côté de lui.

— Mais ton père est resté à Sydney ?

Il se contenta de hocher la tête.

— Tu partageais ton temps entre les deux ?

— J'ai été envoyé dans une prestigieuse pension à quelques heures au nord de Sydney, expliqua-t-il d'un ton sarcastique. Je passais toutes mes vacances ici.

Il voyait rarement son père – qui ne tenait pas à être dérangé dans la vie secrète qu'il menait à Sydney.

— Mais pourquoi veux-tu vendre cet endroit ? Je ne crois pas que tu le détestes, Ash. Je pense que tu l'aimes encore. C'est juste qu'être ici te rappelle ce que tu as perdu.

Être ici le mettait en rage. Et lui donnait le sentiment d'être impuissant. Parce qu'il était impossible de réparer quoi que ce soit.

— La mort de ma mère a été terrible.

Un peu naïvement, il n'avait pas eu conscience de la gravité de son état. Il pensait qu'elle se maintiendrait telle qu'elle était pendant des années. Faible mais dans un état stable. Il pensait qu'il aurait l'occasion d'arranger les choses une fois qu'elle ne serait plus en colère. Il ne l'avait pas eue.

— J'avais déjà tout perdu avant ça. Parce que je l'ai trahie.

— Que s'est-il passé ?

Le regard calme et direct de Merle aida Ash à contenir son émotion. Il voulait qu'elle connaisse la vérité. Ainsi elle saurait qui il était vraiment. Et cet éclat dans ses yeux quand elle le regardait ? Il s'estomperait.

— C'est moi qui ai provoqué la mort de ma mère.

Merle se figea, puis elle demanda d'une voix égale :

— Comment ?

— Je lui ai brisé le cœur.

Et celui-ci était déjà tellement abîmé que le coup avait été fatal. Son propre cœur se fendait à chaque fois qu'il y pensait. Merle restait immobile, le regard toujours aussi calme et direct.

— Comment ?

— Je lui ai prouvé que j'étais comme mon père.

« Ne t'ai-je pas appris à jouer franc jeu ? À ne pas tricher ? Ne triche jamais, Ashton ! » Les paroles de sa mère résonnaient dans son esprit. Même après tout ce temps, elles le déchiraient. S'il avouait toute la vérité à Merle, elle allait être horrifiée. Elle allait prendre ses distances avec lui. Et après ce qui s'était passé cette nuit, c'était peut-être ce qui pouvait arriver de mieux.

— J'ai triché. Comme lui.

Et les conséquences l'avaient précipité dans une spirale d'excès – à l'opposé de la manie du secret de son père. Il s'était lancé ouvertement dans la provocation. Merle ne broncha pas. Elle se contenta de hocher la tête.

— Cette fille… quand tu étais jeune.

— Elle s'appelait Rose Gold.

— Vous étiez à l'école.

— Dans la même pension, oui.

— C'était donc une erreur de jeunesse.

Mais une erreur grave. Et les conséquences avaient été permanentes. Merle le regardait toujours. Elle attendait. Avait-il eu raison d'aborder le sujet ? Il commençait à le regretter. Mais tant pis. Il fallait continuer. Il fallait qu'elle sache ce qu'il avait fait.

— Ce n'était pas une simple frasque de jeunesse. C'était beaucoup plus grave. Rose était une classe en dessous de la mienne, mais elle était plus jeune que les autres. C'était une surdouée, à qui on avait fait sauter des classes. C'était la fille d'une des amies de ma mère et apparemment nous nous étions déjà rencontrés, mais je ne me souvenais pas d'elle. Ma mère m'a demandé de m'occuper d'elle et de l'aider à s'intégrer. Elle était un peu repliée sur elle-même.

Il soupira.

— C'était une petite polarde. Une petite princesse de la haute société, mais encore très timide. Je suis devenu son héros, je crois. Les gens pensaient que nous sortions ensemble et elle ne le démentait pas. Je ne prenais pas ça trop au sérieux. Et je pensais qu'elle non plus. Nous ne flirtions pas. Nous étions plutôt amis. Mais elle était flattée, je crois.

— Elle s'était sûrement entichée de toi.

— Si je l'ai invitée à m'accompagner à ce fichu bal, c'est uniquement parce que ma mère me l'avait demandé. Pour faire en sorte qu'elle passe une bonne soirée. Mais je... J'ai été filmé en compagnie d'une autre fille.

— Filmé ? Oh...

Merle détourna les yeux.

— Deux autres filles, en réalité. J'ai été exclu temporairement de la pension pour mauvaise conduite et je n'y suis jamais retourné. J'ai été convoqué ici. Je n'avais jamais vu ma mère aussi furieuse. « Comment as-tu pu faire ça à Rose ? Tu es comme lui ! » Textuellement.

— Ash...

— Le problème c'est que j'ignorais tout. Au sujet de mon père, je veux dire. Je n'avais jamais vu ma mère aussi agitée. Elle criait des choses qui n'avaient aucun sens. Plus tard, je lui ai demandé ce qu'elle avait voulu dire, mais elle n'a pas voulu me répondre. Elle m'a renvoyé. À Sydney. Chez mon père. Et c'est là que j'ai découvert la vérité.

Les mensonges. Les tromperies. La trahison absolue.

— Tu sais ce qu'il a fait ?

Merle s'efforçait de garder sa sérénité, mais elle avait beaucoup de mal. Il avait humilié publiquement une fille timide…

— Leo Castle n'est pas mon seul demi-frère. Il se trouve qu'il avait également séduit ma tante. La sœur cadette de ma mère. Si bien que ma cousine Grace est en réalité ma demi-sœur. C'est pour ça que ma mère était aussi furieuse contre moi. Elle ne supportait pas de me voir suivre les traces de mon père.

— Mais tu n'es pas comme lui.

— Non ? Pas égoïste ? Pas arrogant ? Pas séducteur ? Pas déloyal ? Je n'ai jamais revu ma mère. Elle est morte moins d'une semaine après m'avoir renvoyé d'ici. Je lui ai littéralement brisé le cœur.

La gorge de Merle se noua. Il était écrasé par la culpabilité…

— Je pense que ton père l'avait déjà fait, Ash.

Il tressaillit.

— Mais moi je le lui ai carrément arraché. J'étais la seule personne en qui elle croyait. Je l'ai déçue. Et elle est morte.

— Ash…

— Je ne me doutais pas du tout que mon père était infidèle, et encore moins qu'il l'était à ce point. Déterminé à comprendre ce qu'elle avait voulu dire, j'ai demandé des explications à mon père dès mon arrivée à Sydney. Il n'a même pas tenté de nier. Il voulait surtout avoir des détails sur ce qui s'était passé avec ces deux filles dans les toilettes du bal. Il m'a *félicité* ! Il m'a conseillé d'apprendre à me montrer plus discret, mais il était fier de moi. C'est à ce moment-là que j'ai compris à quel point il était odieux. J'ai fait des recherches sur Internet et j'ai trouvé une référence à Leo. J'ai trouvé ses coordonnées et je lui ai proposé de faire un test ADN pour prouver la paternité de Hugh.

Ash eut un sourire à la fois satisfait et empreint de tristesse.

— Mon père ne me l'a jamais pardonné. Il était si furieux qu'il a avoué la vérité au sujet de Grace avec un plaisir pervers. Il m'a dit que je ne pouvais pas échapper à ce que j'étais – son fils. Avec ses défauts. Ses penchants. Et il avait raison. Je l'avais déjà prouvé. J'ai donc adopté le style de vie correspondant, sans aucune discrétion.

— C'était *une* erreur de jeunesse, Ash.

Il secoua la tête.

— Je me suis conduit avec désinvolture et égoïsme. J'ai pris ce dont j'avais envie au moment où j'en ai eu envie. Sans penser aux conséquences.

— Mais tu en as tiré la leçon. Tu m'as dit que tu n'avais plus jamais été déloyal.

— Je n'ai plus jamais eu de vraie relation depuis.

— Pour être honnête, tu n'avais visiblement pas une vraie relation avec Rose.

— C'est vrai. Nous n'avons jamais couché ensemble, mais elle tenait beaucoup à moi. Je pense que je le savais et que je n'avais pas envie de ça. Alors j'ai choisi la voie de la lâcheté pour rompre le lien. J'ai trahi sa confiance et je l'ai humiliée.

Merle déglutit péniblement. Elle ne pouvait pas s'empêcher de se mettre à la place de Rose. Comment ne pas comprendre qu'il était facile de se faire des illusions quand on était l'objet de l'attention d'Ash Castle ?

— Qu'est devenue Rose, aujourd'hui ?

— Elle enseigne à l'université. Je n'en sais pas plus. Elle ne m'a plus jamais parlé après cette histoire et je peux difficilement lui en vouloir.

Le cœur de Merle se serra. Rose avait dû être mortifiée. D'autant plus qu'Ash avait été renvoyé et qu'elle était restée seule à la pension. Ça devait être horrible de savoir que tout le monde était au courant. Mais Ash avait beaucoup souffert également. Son univers avait été bouleversé.

— Tu n'as jamais revu ta mère ?

Il répondit les yeux dans le vague, visiblement hanté par ses souvenirs.

— Nous ne nous sommes même pas parlé par téléphone. J'étais en colère parce que je me sentais coupable. Et aussi parce que j'étais sous le choc de ce que j'avais appris. Son mari avait eu une liaison avec sa sœur. Tu imagines la trahison ? Et elle était déjà malade quand c'est arrivé. Pourquoi ne l'a-t-elle pas quitté ? Pourquoi a-t-elle supporté tout ça pendant aussi longtemps ?

— Peut-être n'avait-elle pas la force de partir. Peut-être que le combat contre la maladie était le seul qu'elle avait l'énergie de livrer.

Il y eut un long silence.

— Comment était-elle ? finit-elle par demander d'une voix douce.

— Quand elle ne manquait pas trop d'énergie, elle était très drôle. Et je l'ai anéantie. Je lui ai brisé le cœur.

— Mais tu ne l'as pas tuée, Ash. Elle était souffrante depuis longtemps, n'est-ce pas ?

Il hocha la tête.

— Et toi tu étais encore presque un enfant. Envoyé en pension. Loin de ta famille à une période très difficile.

Investi d'une lourde responsabilité. Sans réel soutien. Je ne suis pas surprise que tu aies éprouvé le besoin de te défouler. Surtout à un âge où tout prend des proportions énormes. Tu étais très seul.

— Ne me plains pas, Merle. Je ne le mérite pas.

Il se trompait. Une série d'événements s'étaient enchevêtrés, créant une situation confuse dont il avait tiré des conclusions qui n'étaient pas nécessairement exactes. Ce qui était compréhensible étant donné toutes les émotions en jeu. Et le fait qu'il soit encore aussi bouleversé des années après prouvait qu'il avait tort sur un point essentiel.

— Tu n'es pas comme ton père. Tu es…

— Certaines choses ne peuvent pas être changées. Je suis qui je suis.

— Bourreau de travail, débordant d'énergie, farouchement indépendant. Et très sensible, même si tu fais tout ton possible pour le cacher.

Il darda sur elle un regard étincelant, mais elle le soutint.

— Je ne pense pas que tu aies vraiment envie de renoncer à cette maison, Ash.

— Je ne peux pas la garder après qu'il a détruit tout ce que ma mère avait construit.

— Alors reconstruis-la. Rien ne t'empêche d'en faire ce que tu veux. Les choses peuvent changer. Et les gens aussi.

— Tu es vraiment une éternelle optimiste, n'est-ce pas ?

— Tout le monde fait des erreurs. Tout le monde a des regrets. Le secret c'est peut-être de l'accepter. Tu as un poids sur la conscience et tu l'auras peut-être toujours mais ce n'est pas grave. Parce que tu agirais différemment aujourd'hui, n'est-ce pas ?

— Bien sûr.

Elle sourit.

— Ça veut dire que tu as retenu la leçon. Bien sûr, il est très triste que tu n'aies pas revu ta mère et qu'elle n'ait pas pu le constater. Il est très triste également que ton père ait supprimé tout ce qu'elle avait construit ici. Je compatis vraiment.

Les yeux d'Ash exprimaient une grande souffrance. Et une grande lassitude.

— Merci, Merle.

Malgré cette marque de gratitude, elle eut l'impression qu'il s'éloignait d'elle. Visiblement, ses paroles ne lui avaient apporté aucun réconfort. Il se détourna.

— Je crois que j'ai besoin de nager.

Elle le regarda s'éloigner, le cœur serré, puis elle rentra dans la maison. Quand elle en ressortit un moment plus tard après avoir pris une douche et s'être changée, il nageait toujours. Mieux valait ne pas l'interrompre, décida-t-elle. Il avait besoin de se vider l'esprit.

Ce fut seulement deux heures plus tard qu'il la rejoignit dans la cuisine. Superbe en short et T-shirt blancs.

— Qu'est-ce que tu fais ? demanda-t-il, le regard très fuyant.

— J'ai préparé le dîner. Nouilles instantanées améliorées, répondit-elle d'un ton délibérément léger.

À son grand soulagement, la lueur malicieuse familière apparut dans les yeux d'Ash.

— Améliorées ? Ça reste des nouilles instantanées.

— Tu n'es pas prêt à leur donner une chance ?

— Je vais les goûter. Pour toi.

Rassérénée, elle dressa la table sur une des terrasses avec vue sur la baie et ouvrit une bouteille de champagne.

— Du champagne avec des nouilles ?

— L'accompagnement idéal, rétorqua-t-elle.

— Et c'est de la queue de langouste que je vois ici ?

demanda-t-il en plongeant sa fourchette dans son bol fumant.

— Comme je l'ai dit, ce sont des nouilles améliorées.

Elle fut comblée par le rire sonore qui s'échappa de la gorge d'Ash.

11.

Merle parcourait la maison silencieuse. C'était stupide, mais elle avait presque peur d'appeler Ash. Peur de ne pas recevoir de réponse… Pendant le dîner il avait retrouvé son humeur taquine, mais le temps qu'ils aillent se coucher il était redevenu silencieux. Ce qui ne l'avait pas empêché de lui faire l'amour avec une tendresse qui l'avait bouleversée. Elle s'était endormie dans ses bras.

Mais quand elle s'était réveillée, il avait disparu. Et son oreiller était froid.

Elle jeta un coup d'œil par la baie vitrée. Personne dans la piscine. Aucun mouvement non plus au-delà, sur la plage. Elle gagna la cuisine. Vide. Une bouffée d'angoisse l'assaillit. Était-il déjà parti ? Sans lui dire au revoir ? Elle réprima une nausée. Inutile de se mentir. Pour elle, cette relation n'avait rien d'une « expérience » agréable qu'elle était prête à renouveler avec un autre homme. Il n'y aurait jamais un autre homme. Pas comme Ash. Ce qu'elle ressentait pour lui était si énorme, si intense, si merveilleux qu'elle en était terrifiée…

Mais il ne voulait pas de ça. Si seulement il pouvait changer d'avis… Elle avait besoin de plus de temps avec lui. Ils avaient tous les deux besoin de tellement plus de temps…

Elle vérifia de nouveau la piscine. Le bureau. Le bunker, peut-être ? Soudain, elle entendit un bruit dehors. Elle sortit et fit le tour de la maison. Un des garages était ouvert.

— Ash ?

Elle cligna les paupières pour habituer ses yeux à la pénombre après la lumière du soleil matinal. Il y avait des piles de cartons qu'elle n'avait pas encore touchés. Ash en avait ouvert plusieurs et il était debout au milieu d'un tas d'affaires.

— Que fais-tu ?

Il lui lança un regard amer. L'émotion qui se lisait dans ses yeux était déchirante.

— Je suis désolé d'avoir mis une telle pagaille. Ton travail va être encore plus difficile qu'il ne l'est déjà.

Elle se moquait éperdument de la pagaille. Tout ce qui comptait c'était lui. Mais il fuyait de nouveau son regard.

— Tu cherchais quelque chose de précis ?

— Je me suis dit que dans tous ces cartons il y avait peut-être des choses qui valaient la peine d'être conservées. Qu'il avait peut-être eu envie de garder mes vieux trophées de natation, par exemple.

Il haussa les épaules avec un sourire amer.

— Mais apparemment non. Il n'y a que des affaires à lui. Il a supprimé absolument toutes les traces de nous deux. Il n'y a rien d'elle. Aucun de ses registres. Les registres du jardin.

Il voulait un souvenir de sa mère et il n'avait rien trouvé. Elle fut submergée par la compassion.

— Je pense que s'il a gardé ses coffrets de jeux, c'est uniquement parce qu'ils sont en bon état et qu'ils ont de la valeur. Pour lui ce n'était pas un souvenir mais un investissement. Comme tout le reste.

Hugh Castle considérait-il également Ash comme un investissement ? L'héritier formé pour prendre sa succession ? Et il avait envoyé sa femme dans un autre pays. Pour s'en débarrasser pendant les dernières années de sa vie. Elle haïssait cet homme.

— Pourquoi a-t-il gardé cette photo dans son bureau, à ton avis ? demanda-t-elle.

— Pour la façade. Il devait sans doute la retourner quand il était ici. Ou bien, il s'en servait pour rappeler à ses maîtresses qu'il avait déjà une femme et un enfant et qu'il n'avait pas l'intention de renouveler cette erreur.

— Ash…

— C'est vrai. Il ne s'est jamais remarié après la mort de ma mère. Pas parce qu'il avait le cœur brisé. Mais parce qu'il voulait éviter les frais d'un divorce. Il se contentait de collectionner les maîtresses.

Ash donna un coup de pied dans le tas qui se trouvait devant lui.

— Je n'arrive pas à croire que tu sois obligée de trier tout ça.

— C'est mon travail. Ce n'est pas personnel comme pour toi. Ce n'est pas douloureux.

Il crispa la mâchoire.

— Si tu venais prendre le petit déjeuner ? suggéra-t-elle.

— Manger ne va pas me réconforter, Merle. Je ne suis pas un gamin de deux ans.

Ash évita de regarder Merle. Elle devait être blessée et ça se voyait sûrement sur son visage. Il ne le supporterait pas. Il regrettait son agressivité, mais il était incapable de surmonter son irritation. Il était furieux de se découvrir aussi vulnérable. Dire que depuis des années il croyait être devenu indifférent, pour son plus grand confort…

Il était venu ici pour voir une dernière fois cet endroit avant de tourner définitivement la page. Il ne comptait pas rester plus d'un jour ou deux. Mais la présence de Merle avait tout changé. Il aurait dû être capable de prendre leur attirance mutuelle à la légère. Mais elle lui avait fait entrevoir des possibilités qui n'auraient même pas dû lui effleurer l'esprit. Et il était resté. Il s'était laissé aller à faire des tas de choses qu'il s'interdisait d'ordinaire. Et maintenant, il n'arrivait même plus à soutenir son regard…

Il baissa les yeux sur le fouillis qu'il avait provoqué.

— Pas étonnant que tu tiennes à porter des gants et une combinaison, marmonna-t-il. Je vais tout remettre dans les cartons.

— Tu veux que je t'aide ?

Impossible de la regarder. Il ne supporterait pas la compassion dans son regard. Il ne voulait rien d'elle.

— Non.

— Ash…

— Tu devrais aller prendre ton petit déjeuner, coupa-t-il d'un ton vif. J'arrive dans un moment.

Elle eut une hésitation imperceptible avant de s'en aller. Il inspira profondément. Cette nuit, entre les draps, l'impossible était devenu brièvement envisageable. Mais ce matin, ce mirage s'était dissipé. Pendant son séjour il avait découvert qu'il tenait encore à cette maison malgré toutes les transformations qu'elle avait subies. Des souvenirs heureux s'étaient superposés à la dernière image qu'il avait gardée de sa mère, le jour terrible où il avait affronté sa déception. Mais l'ironie, c'était que ces autres souvenirs étaient presque plus douloureux.

Il avait tenté de trouver l'oubli dans les bras de Merle, mais ce matin au réveil une évidence s'était imposée à lui. Elle faisait partie du problème. Parce qu'elle avait besoin de quelque chose qu'il était incapable de lui donner. Même s'il essayait, il finirait par échouer. C'était dans son ADN. Un jour ou l'autre il finirait par la décevoir. Et il ne pourrait pas le supporter. Il fallait qu'il quitte cet endroit. Il fallait qu'il quitte Merle. Et il fallait le faire tout de suite.

Merle était au comble de l'anxiété. Quelque chose avait changé chez Ash. Il était devenu irritable. Plus la moindre lueur malicieuse dans ses yeux… Il ne la rejoignit pas pour le petit déjeuner. Après avoir mangé seule, elle nagea dans la piscine en faisant plus de bruit que nécessaire. Il resta invisible. Deux heures s'écoulèrent, avec une lenteur horrible. Elle finit par aller dans le bureau pour travailler. Que faire d'autre pour tenter de se calmer ? Cette attente était insupportable. D'autant plus que le temps était compté. Demain c'était dimanche, jour de son départ. Par conséquent, cette journée était la dernière qu'ils pouvaient passer ensemble. Ne devraient-ils pas en profiter au maximum ?

Malgré la chaleur, elle était glacée jusqu'aux os. Chaque seconde s'étirait interminablement. Quelque chose clochait. Ils avaient fait l'amour avec une ferveur inédite, cette nuit. N'était-ce pas révélateur ? Peut-être appréhendait-il son départ, lui aussi. Se demandait-il comme elle s'il ne serait pas possible de prolonger cette… histoire entre eux ? Non. Ce n'était pas assez important pour lui. Il ne devait même pas y penser. Il était trop occupé à s'efforcer d'assumer les souvenirs douloureux attachés à cet endroit.

— Merle ?

Une bulle d'espoir fit palpiter son cœur et elle sortit du bureau par la baie vitrée. Dès qu'elle vit Ash, la bulle se coinça dans sa gorge, transformée en glaçon. Il était habillé. Jean foncé et T-shirt gris moulant. Mais le plus frappant c'étaient ses chaussures. Ni baskets ni sandales de piscine. Des boots. Des chaussures de voyage.

— Tu vas quelque part ? demanda-t-elle en priant pour qu'il nie l'évidence.

— Il faut que je rentre à Sydney.

— Pour faire quoi ?

— J'ai des réunions à préparer.

— Tu ne peux pas le faire ici ?

Pourquoi faisait-elle comme si de rien n'était ? Pourquoi ne le mettait-elle pas au défi de lui dire la vérité ?

Il se contenta de secouer la tête.

— Pourquoi ? insista-t-elle.

— Trop de distractions.

Il esquissa un sourire. Elle fut incapable de le lui rendre. Qu'il s'en aille, c'était déjà dur. Mais plus tôt que prévu ? Alors qu'ils étaient au bord de quelque chose de plus profond ? Il ne leur laissait pas la moindre chance... C'était déchirant. Ça voulait dire qu'il avait passé de bons moments avec elle mais pas assez bons. « Distrayants » mais pas assez importants pour modifier ses projets... Sauf qu'il les avait modifiés, justement. Pourquoi avait-il décidé de partir plus tôt que prévu ? Si elle n'était qu'une simple distraction, pourquoi prendre la fuite ? La bulle d'espoir se libéra du glaçon.

— Tu en as assez d'être ici ?

Il resta silencieux.

— Tu en as assez de moi ? Tu n'as pas envie de rester encore une nuit ?

Il déglutit péniblement.

— Est-ce que tu prends la fuite, Ash ?

Il crispa la mâchoire.

— Tu es si déterminée que ça à passer une dernière nuit avec moi ?

Après une hésitation, elle rassembla tout son courage.

— Pourquoi serait-ce obligatoirement la dernière nuit ? Tu pourrais revenir d'ici la fin de mon contrat.

— Je t'ai dit que je ne reviendrai plus jamais ici.

— N'as-tu pas le droit de changer d'avis ? Au début tu m'as dit que je pouvais changer d'avis à tout moment. Pourquoi les règles seraient-elles différentes pour toi ?

Le visage d'Ash se durcit.

— Tu sais que je ne reste jamais plus d'une nuit. Si

ça a duré plus longtemps entre nous, c'est à cause des… circonstances. Je croyais que tu l'avais compris.

— Tu ne penses pas que les choses ont changé ?

— Non.

— Tu ne crois pas qu'il y a entre nous davantage qu'une brève aventure ? Que *je* compte davantage ? insista-t-elle d'une voix mal assurée.

— Merle…

— Ne mens pas. Ne te contente pas d'une banalité. Sois honnête. Pourquoi t'en vas-tu si tôt ?

— Parce que je ne supporte pas de rester ici une seconde de plus.

Les oreilles de Merle se mirent à bourdonner. De plus en plus fort. Non, c'était un hélicoptère, finit-elle par comprendre.

— Tu t'en vas *maintenant* ?

— C'est le mieux à faire.

— Le mieux pour qui ?

Il n'avait pas envie d'affronter sa réaction pendant trop longtemps ? Une bouffée de rage assaillit Merle. Elle ne s'était jamais plainte. Elle n'avait jamais rien demandé. À personne. Ni à sa mère, ni à sa grand-mère, ni à son grand-père. Plus question de se taire. C'était Ash lui-même qui l'avait poussée à exprimer sa volonté.

— Tu croyais pouvoir t'en tirer aussi facilement ? Tu pensais que je ne dirais rien ? Que je te dirais au revoir en souriant, parce que je suis docile et incapable de dire ce que je veux ?

— Que veux-tu ? demanda-t-il, l'air aussi furieux qu'elle.

— Aller plus loin. Et je pense que tu le veux aussi. Mais tu as peur. Parce que tu t'es confié à moi et que maintenant tu crains…

— Je crains quoi ?

L'hélicoptère avait atterri et le pilote venait de couper le moteur. Le bruit de l'hélice s'estompait peu à peu.

— Tu veux rester comme ça toute ta vie, n'est-ce pas ?

— Comment ?

— En colère.

— Je ne suis pas…

— Tu es terriblement en colère. Parce que tu es blessé. Et effrayé. Tu crois prendre la fuite parce que tu ne veux pas affronter mes sentiments, mais en réalité ce sont les tiens que tu fuis.

Elle était allée trop loin. C'était évident. Mais ça faisait un bien fou. Elle ne pouvait pas le laisser partir sans rien dire.

— De quels sentiments s'agit-il, d'après toi ?

— Le fait que tu aimes cet endroit. Qu'avec moi c'était mieux que tu ne l'avais prévu. Que peut-être…

Non. Le seul fait de le penser semblait osé. Alors le dire…

— Le fait que tu nages pendant des heures pour éviter ce que tu as juste devant toi.

— C'est toi qui es juste devant moi, Merle.

— Exactement.

— Tu as été la distraction idéale. Je t'ai prévenue dès le départ que je ne pouvais lier aucune relation, Merle. Avec personne. Et encore moins avec quelqu'un comme toi.

— Quelqu'un comme moi ?

— Quelqu'un qui mérite mieux…

— Nous méritons *tous* mieux. Tout le monde mérite d'aimer et d'être aimé. Certains semblent le mériter moins que d'autres quand ils pensent qu'ils ne le méritent pas. Quand ils se conduisent de manière à n'avoir aucune chance de rencontrer l'amour.

— Nous n'avons pas les mêmes aspirations, Merle. Tu le sais.

Elle sentit son cœur se serrer. Oui, il lui avait dit qu'il ne se marierait jamais. Et vu toutes les précautions qu'il prenait pour éviter toute grossesse accidentelle, il ne voulait pas non plus avoir des enfants secrets partout, comme son père. Il ne voulait pas d'enfants du tout. Alors qu'elle, elle comptait bien fonder une famille…

— Eh bien, justement, je ne te crois pas, rétorqua-t-elle, à la fois stupéfaite de sa propre audace et absolument sûre d'elle. Toi aussi tu as envie d'aimer et d'être aimé, mais ça te terrifie. Voilà pourquoi tu prends la fuite. Mais manque de chance, il va falloir que tu m'écoutes. Je veux aller plus loin avec toi. Je veux tout. De toi et avec toi. Je veux ton premier « je t'aime ». C'est à moi qu'il revient.

Parce qu'il ne l'avait jamais dit à aucune femme, elle en était certaine. Elle prit une profonde inspiration avant de poursuivre :

— Et tu veux savoir pourquoi ? Parce que je t'aime, Ash.

— Merle…

Le rejet mêlé d'amertume et de remords qu'elle lut dans les yeux mordorés lui fit l'effet d'un électrochoc. Que venait-elle de dire ? Mortifiée, elle sentit tout son visage s'enflammer. Comment avait-elle pu répéter la même erreur ? Comment avait-elle pu être une fois de plus assez naïve pour croire qu'un homme comme lui pouvait s'intéresser à elle ? Elle secoua la tête. Oui, elle venait de s'humilier. Mais malgré tout, elle ne pouvait pas croire qu'il ne partageait pas ses sentiments.

— Ne le laisse pas gagner, Ash, murmura-t-elle. Si tu refuses d'être heureux, si tu ne t'autorises pas à aimer et à être aimé, ça voudra dire que ton père a gagné.

— Merle…

Dans sa voix elle entendit tout. Le remords. Le refus. Le *rejet*.

— C'est toi qui m'as poussée à dire ce que je pensais, rappela-t-elle avec amertume.

— Tu es romantique. Et moi je suis stupide d'avoir pensé que tu pourrais supporter une aventure de ce genre. Je suis désolé.

— Tu peux nier tes propres sentiments, mais tu ne peux pas insinuer que les miens ne sont pas réels. Ce qui se passe entre nous pourrait être fabuleux. C'est fabuleux.

— Il faut que j'y aille.

— Tu ne peux pas. Nous n'avons pas fini de discuter…

— Il n'y a rien de plus à dire. Il n'y a plus rien qui me retienne ici.

Elle ne le croyait pas, mais lui faisait tout pour croire à ce qu'il disait. Il luttait contre lui-même et ça lui demandait visiblement beaucoup d'efforts. Voilà pourquoi il partait précipitamment. Par pure lâcheté. Par crainte de manquer de volonté.

— Pourquoi refuser d'affronter les problèmes, Ash ? lança-t-elle, de nouveau submergée par la colère. Si tu fuis en permanence, tu ne trouveras jamais la paix.

Ni l'amour.

Sans un mot, il ramassa le petit sac de voyage en cuir posé à ses pieds et il s'éloigna.

— Donne-moi au moins un baiser d'adieu, Ash !

Il se retourna, très pâle. Dans un silence assourdissant, il revint vers elle. Il déposa sur ses lèvres un baiser presque brutal, lèvres fermées. Instinctivement, elle les lécha du bout de la langue. Galvanisée par le grognement étouffé qu'il laissa échapper, elle approfondit son baiser. Il y répondit avec une ardeur qui gonfla son cœur d'une joie indicible. Comment douter de l'amour contenu dans ce baiser ? Comment douter de… ?

Il s'arracha brusquement à ses lèvres. Il la contempla un instant, le souffle court. Mais il ne dit rien. Quand il tourna les talons, elle s'agrippa au dossier du transat le plus proche, le cœur broyé par une poigne d'acier.

Elle ne le reverrait plus jamais.

12.

Déterminé à rester occupé en permanence, Ash avait programmé une semaine de travail infernale. Étude de rapports, réunions, prospection, il n'arrêtait pas. Mais malgré tous ses efforts pour se concentrer, des images intempestives jaillissaient dans son esprit au moment où il s'y attendait le moins. Merle nageait dans la piscine. Merle réfléchissait avant d'avancer les pions d'un jeu de société. Merle souriait. Merle mangeait avec gourmandise. Aussitôt transporté à Waiheke, il était envahi par une joie intense… qui laissait place à une souffrance intolérable au bout de deux secondes, quand il reprenait conscience qu'il était à Sydney. Seul.

À la fin de la semaine, après avoir tout essayé pour se persuader que c'étaient les souvenirs liés à la propriété familiale qui le perturbaient, il finit par se rendre à l'évidence. Merle lui manquait. Terriblement. Elle ne cherchait pas à le joindre, et de son côté il était hors de question qu'il l'appelle. Il fallait s'en tenir là. C'était mieux ainsi. Mieux pour elle. Il n'était pas assez fiable. Pas à la hauteur. Il la décevrait inévitablement un jour ou l'autre. Elle méritait beaucoup mieux que lui. Mais ses paroles – sa déclaration – le tourmentaient. « Je veux tout. De toi et avec toi. »

Le samedi suivant son retour à Sydney, il donna rendez-vous à son demi-frère. Il y avait des problèmes en suspens depuis trop longtemps. Il était urgent de les régler. Leo arriva pile à l'heure, comme à son habitude, au café en bord de mer. Presque aussi grand que lui, son demi-frère faisait beaucoup plus sérieux avec ses cheveux coupés très court et son costume sur mesure. Ils ne s'étaient pas vus depuis plusieurs semaines. Leurs échanges s'effectuaient essentiellement par mail et concernaient pour la plupart des décisions importantes relatives à l'entreprise.

— Tu vas bien ? demanda Leo en s'asseyant à côté de lui.

Ash réprima une moue de dérision. Cette question indiquait qu'il avait une tête à faire peur…

— Oui, ça va. Merci d'avoir organisé l'archivage des affaires stockées à Waiheke.

— Tu as réfléchi à ce que tu voulais faire de la propriété ?

Oui. Il fallait prendre des décisions. Il serait injuste vis-à-vis de son demi-frère et de sa demi-sœur de laisser l'affaire traîner plus longtemps. Ils avaient déjà partagé en trois le produit de la vente des autres propriétés.

— Je ne peux pas la vendre. Si Grace et toi vous êtes d'accord, j'aimerais racheter vos parts.

En réalité il n'avait pas besoin de leur accord. La maison lui appartenait. Mais il préférait que tout l'héritage soit partagé équitablement.

— Tu veux garder la maison de Nouvelle-Zélande ? Pas de problème pour moi, répondit Leo, qui ne semblait pas surpris.

Ash réprima un soupir de soulagement. Il savait déjà que Grace serait d'accord. Elle avait été si choquée en découvrant sa véritable filiation l'année précédente qu'elle avait décrété qu'elle ne voulait pas entendre parler de l'héritage. Il comprenait sa colère mais il refusait de la laisser renoncer à sa part. Il transférerait le montant de sa part sur son compte. Ce qu'elle en ferait ne regardait qu'elle.

Quant à la maison de Waiheke, la vendre ne paraissait plus la bonne solution. Le discours de Merle avait touché un point sensible. Il allait trouver un moyen de lui redonner une âme.

— Tu es sûr de vouloir rester à la direction de l'entreprise ? demanda-t-il à Leo.

Quand ce dernier avait émis le souhait de succéder à leur père, il avait été stupéfait. Étant donné que Hugh avait refusé de reconnaître Leo, même après les résultats du test ADN prouvant sa paternité, il avait trouvé très impressionnant que Leo souhaite remettre la société sur pied. Pour sa part, il l'aurait laissée péricliter sans remords. Cependant, un grand nombre d'emplois étaient en jeu et il ne pouvait qu'admirer le sens des responsabilités de Leo. Il avait par ailleurs trouvé très réjouissant que ce dernier prenne le nom de Castle du vivant de leur père, qui avait failli avoir une attaque d'apoplexie…

— Oui, répondit Leo. C'est un défi stimulant.

— Tu as tout mon soutien, tu le sais, n'est-ce pas ? Si je peux faire quoi que ce soit…

— Je sais.

Leo but une gorgée de café. Ils avaient tous les deux le goût du café très fort.

— Mais tu es toi-même bien occupé avec ton propre empire.

— Tu en diriges bien deux toi-même.

— Oui, mais je n'ai pas de vie sociale ni d'autres… distractions.

Ash ne fit pas de commentaire. En ce moment il n'avait pas de vie sociale. Et il n'avait aucune envie de renouer avec ses vieilles habitudes. Apparemment son penchant pour les aventures sans lendemain l'avait abandonné…

— À ce propos, ajouta Leo en plissant le front. Il y a une soirée caritative ce soir à la Kingston Tower. La moitié de la haute société de Sydney sera là.

— Le marché idéal pour toi.

— Mais pas le genre de soirée que je préfère. Tu ne veux pas venir ? Ta présence me permettrait de souffler un peu.

Ash but une gorgée de café pour gagner un peu de temps. C'était la première fois que Leo lui demandait un service. Et ce serait la première fois depuis des années qu'il se rendrait à un événement organisé par Castle Holdings.

Sa première impulsion fut de refuser. Pas parce que c'était la société de son père. Pour lui elle était désormais celle de Leo. Non, en fait il n'avait aucune envie de voir des gens. Néanmoins, il fallait accepter. Peut-être se remettrait-il plus rapidement s'il reprenait son ancienne vie. Peut-être avait-il eu tort de rester cloîtré toute la semaine chez lui et au bureau… Un sentiment de vide accabla soudain Ash. Non, décidément il n'avait aucune envie de s'étourdir en reprenant le circuit des soirées mondaines. Cependant, il y avait une autre raison de dire oui à Leo. Une raison beaucoup plus importante. Il avait ignoré l'existence de son demi-frère et de sa demi-sœur pendant le plus clair de son existence. Grace préférait garder ses distances, mais Leo était là. Peut-être pourraient-ils nouer des liens plus étroits tous les deux ?

— Oui, bien sûr, répondit-il d'une voix ferme. À quelle heure dois-je arriver ?

Ash regretta sa décision dès qu'il pénétra dans la salle de bal. Toujours les mêmes… Les vieilles fortunes, les célébrités récentes, les influenceurs du moment… Des téléphones brandis de toutes parts pour photographier le décor somptueux, les invités prestigieux, le buffet fantastique… Quel ennui ! Mais il pouvait faire semblant. Comme il l'avait fait pendant des années, en réalité. Pour éviter d'affronter les problèmes. Merle avait raison. Merle… Il fallait qu'il s'en aille tout de suite. Il fallait qu'il… reste là pour Leo.

Après avoir discuté avec deux ou trois personnes, il se

dirigea vers le bar. Il avait besoin d'un verre d'eau pour s'éclaircir les idées. En chemin il croisa une rousse qui attira son regard. La connaissait-il ? Il y avait quelque chose de familier dans sa façon de se tenir… Il lui jeta un nouveau coup d'œil. Bien sûr. C'était elle… Très différente de l'adolescente réservée qu'il avait été chargé de prendre sous son aile à la pension. Dans sa jupe noire et son chemisier de soie, elle semblait très à l'aise.

— Rose ? Que fais-tu ici ? demanda-t-il sans réfléchir.

Loin de paraître embarrassée, elle écarquilla les yeux et lui adressa un large sourire.

— Ash Castle ! Ça fait des siècles !

— Oui, murmura-t-il, un peu désarçonné par cette réaction chaleureuse.

Quel hasard extraordinaire…

— Je suis désolé de ce qui s'est passé à la pension.

Il se maudit aussitôt. Quel idiot ! Que lui avait-il pris de faire allusion à ça ? Aussi brutalement et en public ?

Elle plissa le front, fouillant visiblement dans sa mémoire. Puis, à sa grande surprise, elle pouffa.

— Oh ! *ça !*

Elle pouffa de nouveau, puis elle redevint sérieuse, l'air contrit.

— Mon pauvre, ça devait être l'horreur pour toi. Ta mère si malade et aucun d'entre nous ne connaissait la gravité de son état.

Il resta un instant sans voix. Elle éprouvait de la compassion pour lui ?

— Oui, mais je me suis conduit…

— Ash, il y a si longtemps !

Il n'y avait aucune détresse dans ses yeux, aucun embarras. Elle n'avait même pas rougi. Son sourire s'était même élargi…

— Tu as des remords depuis tout ce temps ?

Il hésita.

— Oublie ça, je t'en prie. Sincèrement.

Dire qu'il croyait l'avoir traumatisée à vie… Quelle arrogance de sa part ! Avait-il tout mélangé ? Avait-il déduit hâtivement de la réaction de sa mère que Rose devait être dévastée ? Apparemment, oui. Et sa mère avait tant d'autres raisons d'être furieuse de son attitude égoïste… Oui, tout s'était embrouillé dans son esprit et il en avait tiré des conclusions excessives. Jamais il n'avait été aussi soulagé de s'être trompé.

— Tu sembles en pleine forme, dit-il.

— Oui, merci.

Elle jeta un coup d'œil par-dessus son épaule.

— Mais il faut que j'y aille. Il y a quelqu'un que je dois voir absolument.

— Bien sûr. Pas de problème.

Il ne l'intéressait plus du tout. Elle avait grandi et tourné la page. Alors que lui… Il était resté englué dans le passé. Peut-être était-il temps d'en sortir. Il se força à discuter avec plusieurs autres invités. De loin, Leo lui adressa un hochement de tête appréciateur. Plusieurs femmes lui sourirent, avec dans les yeux une lueur signifiant « disponible et intéressée ». Il rendit les sourires mais garda ses distances. Jusqu'au moment où il se sentit incapable de rester une seconde de plus. Il chercha Leo du regard. Ne le trouva pas. Tant pis, il lui enverrait un texto demain.

Une fois dans sa voiture, il demanda au chauffeur de rouler au hasard. Il n'avait pas plus envie de rentrer dans son appartement vide que de rester à la soirée ou d'accepter les invitations muettes qui lui avaient été adressées. Il s'installa sur la banquette arrière et ferma les yeux, en partie apaisé par le ronronnement du moteur et le mouvement continu. Mais dans son esprit les pensées bouillonnaient. Rose était sûre d'elle et bien dans sa peau. Peut-être avait-il blessé Rose autrefois, mais elle lui avait pardonné depuis longtemps et elle était passée à autre chose. Il était temps qu'il tourne la page à son tour et qu'il en finisse avec cette haine de lui-même qui l'empêchait d'avancer. Tout le monde commettait des erreurs. L'essentiel c'était d'essayer de ne pas les renouveler et de progresser.

La personne qu'il avait le plus blessée récemment c'était celle qui comptait le plus. Et ses paroles résonnaient dans son esprit. « Ne le laisse pas gagner, Ash. Si tu refuses d'être heureux, si tu ne t'autorises pas à aimer et à être aimé, ça voudra dire que ton père a gagné. »

N'avait-elle pas raison ? Avoir une relation durable, heureuse et honnête, ne serait-ce pas l'acte de rébellion suprême contre son père ? Même dans les situations les plus difficiles, Merle avait toujours gardé espoir. Elle avait toujours été courageuse. Y compris et surtout quand elle avait osé lui avouer ses sentiments. Il voulait être courageux comme elle. Pour elle. Et il se moquait éperdument de son minable de père.

Il ne voulait pas que Merle reste seule. Et encore moins qu'elle trouve un autre homme. Personne d'autre que lui ne pouvait lui offrir le bonheur qu'elle méritait. Sauf qu'il l'avait lâchement abandonnée. Par lâcheté. Comment réparer l'erreur la plus grave de sa vie ? Comment renouer le lien qu'il avait brisé ?

En ayant le courage de lui avouer la vérité.

13.

Merle n'en pouvait plus d'être coincée dans une immense propriété, seule avec son cœur brisé. Elle avait passé la semaine à travailler avec acharnement. Plus vite elle aurait terminé, plus vite elle pourrait s'échapper. Et plus vite elle pourrait se remettre. Parce que l'espoir encore enfoui au plus profond d'elle-même s'étiolait de jour en jour.

Deux jours après le départ d'Ash, plusieurs cartons de provisions avaient été livrés. Fruits et légumes frais, viande, poisson, et… nouilles instantanées. Elle le détestait pour cette attention. Était-ce seulement de la pitié ? Avec une pointe de remords ?

Elle avait travaillé sans relâche toute la semaine et tout le week-end. De toute façon elle devait rattraper la semaine de congé qu'elle avait prise en compagnie d'Ash. Elle avait vaguement espéré trouver quelque chose ayant appartenu à sa mère, mais il n'y avait rien. À présent elle avait besoin de faire une pause. D'essayer de retrouver un semblant de sérénité. Jusque-là elle avait évité tous les endroits où elle avait passé du temps avec lui. En particulier la piscine. Mais il faisait très chaud et elle refusait de se priver du plaisir de se baigner. Pas question de se laisser anéantir par le chagrin. Elle était courageuse, non ?

Ash avait les mains moites et le pouls erratique. Jamais il n'avait été aussi anxieux. Et cet hélicoptère ne volait décidément pas assez vite… Quand l'appareil commença à descendre vers l'héliport, il eut soudain envie qu'il s'immobilise. Pour avoir le temps de réfléchir encore à son plan. Sauf qu'il n'avait pas vraiment de plan.

Elle ne pouvait pas ne pas avoir entendu son arrivée. À moins qu'elle ait déjà quitté la propriété, bien sûr… Les battements de son cœur devinrent encore plus irréguliers. Il se dirigea vers la maison tandis que l'hélicoptère redécollait. Lorsque le bruit du moteur commença à s'estomper, il en entendit un autre. La piscine… Il hâta le pas. Oui, elle était là. En train de nager comme si tout allait pour le mieux dans le meilleur des mondes. Mais en approchant il vit ses yeux. Et leur regard éteint lui serra le cœur. Elle était pâle, elle avait les traits tirés, mais elle n'avait jamais été aussi belle. Elle sortit de l'eau par l'échelle et s'enveloppa dans un drap de bain en relevant le menton.

— Tu es toujours ici, dit-il d'une voix rauque.

Le sac en papier qu'il avait à la main semblait à la fois trop petit et trop lourd.

— Je t'avais dit que je resterais.

— J'aurais compris que tu t'en ailles. À ta place beaucoup de gens l'auraient déjà fait.

— J'avais un travail à finir. Et toi, que fais-tu ici ? Tu avais décidé de ne jamais revenir.

— J'avais besoin de te voir. J'ai quelque chose à te donner.

Elle se raidit.

— Tu n'es pas obligé de me donner quoi que ce soit. Ce n'est pas parce que tu te sens coupable de…

— Merle…

— Tu n'étais pas obligé de revenir et d'essayer de… Je n'ai pas besoin de ça.

— S'il te plaît, Merle.

Il lui tendit le paquet. Il n'était même pas enveloppé correctement. Elle sortit le livre du sac en papier kraft et lut son titre. Ses yeux s'agrandirent et le sang se retira de son visage.

Ce n'était pas une édition luxueuse, qui aurait été plus digne d'elle. C'était un simple livre de poche qui ne coûtait que quelques dollars. Il avait voulu lui offrir un cadeau chargé de sens. Qu'elle chérirait non pas pour son prix mais pour l'intention.

— Je l'ai trouvé à l'aéroport, murmura-t-il d'un ton contrit. J'aurais voulu une édition rare, ou un exemplaire relié, mais je n'ai pas eu le temps de chercher.

Il avait eu trop hâte de la retrouver après avoir pris conscience de sa stupidité.

Elle rosit.

— C'est mieux comme ça. Les choses ordinaires peuvent être précieuses aussi.

— Mais j'ai abîmé le dos quand j'ai écrit à l'intérieur.

— Tu as écrit quelque chose ?

Elle leva les yeux vers lui et une petite bulle d'espoir se forma dans sa poitrine devant l'intensité de son regard. Crispant les poings dans les poches de son pantalon, il résista à l'envie de la prendre dans ses bras. Jamais il ne s'était senti aussi peu sûr de lui.

— L'encre est indélébile, en principe, marmonna-t-il au comble de la nervosité. Elle ne s'effacera pas. Même si tu l'exposes au soleil.

Mais elle n'ouvrit pas le livre pour lire la dédicace. Elle ne lui jeta même pas un coup d'œil. Son regard ne quittait pas le sien.

— Ash Castle, murmura-t-elle en s'approchant de lui. Es-tu en train de rougir ?

Pire que ça… Ses mains tremblaient et il avait à la fois très froid et très chaud…

— Lis la dédicace. Dis-moi que tu l'aimes.

Dis-moi que tu m'aimes.

Elle lui tendit le livre.

— Lis-la-moi.

Il sentit sa gorge se nouer. Elle avait les mains qui tremblaient… C'était aussi important pour elle que pour lui. Et jamais rien n'avait été aussi important.

« Pour ma belle Merle. » Il toussa pour s'éclaircir la voix. « Parce que tu es mon trésor. Parce que je veux t'offrir toutes mes premières fois et tout ce que j'ai d'autre à t'offrir. Parce que je t'aime et que je t'aimerai toujours. Ash. »

Merle était paralysée par l'émotion.

— C'est pour ça que tu es revenu ?

— Pour toi. Oui. Parce que sans toi c'est invivable. Parce que j'ai été stupide. Mais surtout parce que je t'aime et que je ne supporte plus d'être séparé de toi.

Il les avait répétés. Ces mots qu'elle attendait. Ces mots essentiels. Elle serra le livre contre sa poitrine. C'était un cadeau si simple, si parfait, un symbole si précieux. Il avait écouté. Il avait compris. Et il tenait à elle.

— Merle…

La souffrance dans la voix rauque lui donna la chair de poule. Elle sentit des larmes lui piquer les yeux et elle se mit à trembler de tout son corps. Impossible de bouger…

— Merle ?

Une lueur d'espoir teinté de malice s'alluma dans les yeux aux reflets d'or.

— Une dernière chance ?

Elle put enfin avancer. Il en fit autant. Ses bras se refermèrent sur elle et sa chaleur l'enveloppa.

— Je suis navré, murmura-t-il contre ses cheveux. J'ai été stupide. Je me trouvais indigne de toi. Incapable de t'aimer. Mais je veux essayer. Je veux devenir meilleur pour toi.

Elle sentit des larmes inonder ses joues tandis qu'il la serrait contre lui.

— Tu avais raison. Tellement raison. Je me cachais depuis des années. Je suis allé voir Leo. Et j'ai rencontré Rose. Elle va bien. Elle ne m'en veut pas et je me suis rendu compte que j'étais resté bloqué dans le passé pendant trop longtemps. Mais le plus important, c'est que je n'ai jamais éprouvé pour personne ce que j'éprouve pour toi. Je peux aimer, je peux m'engager et je le veux. Avec toi. Tu m'as tellement manqué…

Elle ferma les yeux et enfouit son visage dans son cou, humant son odeur. Enfin convaincue qu'elle ne rêvait pas.

— Je ne veux rien d'autre, poursuivit-il. Ni rien ni personne. Seulement toi. Avec moi. Pour la vie. D'accord ?

Il enfonça les doigts dans ses cheveux et elle leva la tête vers lui.

— Je t'aime, Ash.

Leurs bouches se joignirent dans un baiser fervent tandis qu'ils se couvraient de caresses fébriles. Avec des mains aussi tremblantes que les siennes, il la débarrassa de son livre et du drap de bain. Il lui enleva son maillot et ils trébuchèrent tous les deux. Il l'entraîna précipitamment vers un transat, sur lequel ils se laissèrent tomber.

— Il y a trop de soleil, ici, murmura-t-il.

— Alors dépêchons-nous.

Il pouffa, et à son grand soulagement il exauça sa prière.

Plus tard, comblés, tendrement enlacés, ils échangèrent le plus tendre et le plus fervent de tous les baisers.

— Je vais travailler ici le temps que tu termines l'archivage, murmura-t-il. Il faudra que j'aille de temps en temps à Sydney pour des réunions. Tu viendras avec moi ?

— Tu veux que je t'accompagne ?

— Je ne veux plus me séparer de toi. Pas pour longtemps, en tout cas. Tu es d'accord ? C'est ton choix, Merle.

Elle lui sourit, les yeux noyés de larmes.

— Je serais très heureuse de t'accompagner.

Elle suivit son regard, fixé sur la maison.

— Je suis désolée de n'avoir rien trouvé ayant appartenu à ta mère.

— Mais si, tu as trouvé les jeux. Et ils nous ont rapprochés.

Elle sourit de nouveau, le cœur gonflé de joie.

— As-tu toujours l'intention de vendre la maison ?

— En fait, j'ai réfléchi et je trouve que tu as raison. C'est dommage qu'il n'y ait pas davantage de gens qui puissent en profiter. J'ai pensé que nous pourrions en faire une maison de convalescence ou de vacances pour des patients atteints de maladies de cœur et leurs familles. Qu'en penses-tu ?

Elle se redressa pour plonger son regard dans le sien.

— Je trouve que c'est une idée fantastique. Que *tu* es fantastique.

Un sourire ravi éclaira le visage d'Ash.

— Si nous allions nous baigner, mon cœur ? Et ensuite nous pourrions peut-être faire une partie de jeu de l'oie ?

Elle laissa échapper un petit rire de pur bonheur.

— Avec joie !

14.

Un an plus tard

Cette année, l'été à Waiheke était particulièrement beau, songea Merle. Soleil éclatant, ciel sans nuages et mer d'huile jour après jour.

— Où m'emmènes-tu ?

La tenant fermement par la main, Ash l'entraînait d'un pas décidé dans l'escalier qui descendait dans le jardin depuis la terrasse.

Il se retourna pour lui lancer un regard entendu.

— À ton avis ? Dans ma tanière secrète, bien sûr.

— Le bunker ? Pour quoi faire ?

Elle n'y était pas descendue depuis des siècles. La plupart du temps elle oubliait même son existence.

Ash se contenta d'un sourire malicieux.

Arrivés depuis un peu moins d'une semaine, ils étaient là pour un mois. Ils s'étaient installés dans l'ancienne chambre d'Ash, essentiellement pour pouvoir prendre des bains moussants presque tous les soirs. Dans la journée, ils jouaient à divers jeux de société. Ils avaient emporté leurs préférés à Sydney mais ils avaient enrichi la collection restée sur place pour les familles qui séjournaient dans la maison. Le projet d'Ash avait vu le jour et la maison était désormais occupée tous les week-ends, y compris en plein hiver.

En arrivant dans le bunker, Merle promena son regard

autour d'elle, observant les transformations qui avaient été effectuées depuis la première fois qu'elle y était descendue. Apparemment Ash était déjà venu un peu plus tôt, parce qu'une bouteille était au frais dans un seau à champagne sur le comptoir, à côté d'un plateau de fruits frais et d'une coupe de ses crackers favoris.

— Que nous as-tu concocté ?

Il tendit ostensiblement l'oreille tandis qu'un bruit sourd se faisait entendre.

— Allons bon ! Je crois que la trappe vient de se refermer ! J'ai bien peur que nous soyons enfermés ici…

— Vraiment ?

— Hum. Mais peut-être que nous pouvons trouver une issue. Oh… Tu crois que c'est un indice ? s'exclama-t-il d'un ton théâtral en indiquant le plateau de fruits.

— Sans doute, répliqua-t-elle en pouffant.

Elle savait que le bunker était souvent utilisé par les enfants qui séjournaient dans la propriété. Ash avait engagé un concepteur de jeux pour qu'il mette au point un jeu d'évasion destiné aux résidents. Pour sa part elle n'y avait pas encore joué, mais à en juger par les commentaires recueillis dans le livre d'or c'était une des activités les plus appréciées.

— Mais si tu connais les solutions des énigmes, tu vas être avantagé, objecta-t-elle en prenant la coupe de champagne qu'il lui tendait.

— Justement, je ne les connais pas. Nous allons devoir les résoudre ensemble.

Une série de casse-tête leur fit parcourir tout le bunker, du salon à la cuisine, en passant par le couloir… pour finir par la chambre qu'ils déverrouillèrent à l'aide d'un code obtenu par le biais d'une anagramme. Une fois à l'intérieur, ils trouvèrent une minuscule clé. Après avoir résolu une nouvelle série d'énigmes, ils finirent par débloquer la porte d'un placard. À l'intérieur se trouvait un coffre au trésor miniature.

— Tu crois que la clé va l'ouvrir ? demanda Ash en arquant les sourcils d'un air malicieux.

— Je me demande, plaisanta-t-elle.

Elle déverrouilla le minuscule coffre et souleva le couvercle. Son cœur fit un bond dans sa poitrine. Pas de code ni de nouvelle énigme. Mais sur un coussinet de velours bleu nuit, un magnifique solitaire.

— Merle ?

Elle regarda Ash à travers les larmes qui embuaient ses yeux.

— Oh ! Ash…

Il eut un sourire radieux. Il connaissait déjà sa réponse à la question qu'elle avait devinée sans qu'il ait besoin de la poser. Elle aimait le côté joueur de cet homme, qui en effet ne connaissait pas les solutions des énigmes qu'ils avaient résolues auparavant. Elle aimait toutes les attentions qu'il avait pour elle. Elle aimait cet homme.

Il posa quand même la question.

— Je t'aime, Merle. Veux-tu m'épouser ?

Il avait beau connaître la réponse, sa voix vibrait d'émotion.

— Oui, répondit-elle aussitôt avec un sourire mouillé. Rien ne pourrait me rendre plus heureuse.

Il prit la bague.

— Elle est magnifique, murmura-t-elle en tendant une main tremblante pour qu'il la glisse à son doigt. Je ne l'enlèverai jamais.

Avec un sourire sexy, il l'attira contre lui.

— Et si nous t'enlevions tout le reste ?

— Oh ! oui…

Impossible de ne pas dire oui à Ash Castle.

Vous avez aimé *Conquise par Ashton Castle* ?
Découvrez la suite de votre série « Frères rebelles »
dès le mois prochain dans votre collection Azur !